LAUREN LAYNE

No Coração de Manhattan

Tradução
JULIANA ROMEIRO

paralela

Copyright © 2022 by Lauren Layne

A Editora Paralela é uma divisão da Editora Schwarcz S.A.

Grafia atualizada segundo o Acordo Ortográfico da Língua Portuguesa de 1990, que entrou em vigor no Brasil em 2009.

TÍTULO ORIGINAL Made in Manhattan
CAPA Ale Kalko
ILUSTRAÇÃO DE CAPA Nik Neves
PREPARAÇÃO Camila Grande
REVISÃO Bonie Santos e Ana Luiza Couto

Dados Internacionais de Catalogação na Publicação (CIP)
(Câmara Brasileira do Livro, SP, Brasil)

Layne, Lauren
  No coração de Manhattan / Lauren Layne ; tradução Juliana Romeiro. — 1ª ed. — São Paulo : Paralela, 2022.

  Título original: Made in Manhattan.
  ISBN 978-85-8439-250-6

  1. Ficção norte-americana I. Título.

22-100544   CDD-813

Índice para catálogo sistemático:
1. Ficção : Literatura norte-americana   813

Maria Alice Ferreira — Bibliotecária — CRB-8/7964

[2022]
Todos os direitos desta edição reservados à
EDITORA SCHWARCZ S.A.
Rua Bandeira Paulista, 702, cj. 32
04532-002 — São Paulo — SP
Telefone: (11) 3707-3500
www.editoraparalela.com.br
atendimentoaoleitor@editoraparalela.com.br
facebook.com/editoraparalela
instagram.com/editoraparalela
twitter.com/editoraparalela

NO CORAÇÃO DE MANHATTAN

1

Violet Victoria Townsend sabia muito bem que era o estereótipo de *esnobe* em pessoa.

Peça a qualquer cartunista para desenhar uma princesa mimada do Upper East Side, e o resultado será igualzinho a Violet. Cabelo reluzente e viçoso? Check. Maquiagem perfeita mas quase imperceptível? Check. Bonita, mas não "de parar o trânsito"? *Exatamente.*

Violet nunca estava com o esmalte descascando nem tinha pontas duplas no cabelo. Usava roupas neutras, sempre com um colar de pérolas simples e discreto. Até seu endereço era um enorme clichê. Vivia no mesmo apartamento na Madison Avenue desde que tinha onze anos de idade, quando foi morar com a avó.

Isso fazia dela uma caricatura? Talvez. Mas uma caricatura muito ciente da situação. Violet já tinha ouvido *todas* as comparações possíveis a Blair Waldorf, Charlotte York e Holly Golightly e estava em paz com isso já fazia tempo.

Então, sim. Podia muito bem usar faixa no cabelo — e usava mesmo, com frequência. Tinha uma cachorrinha de colo com nome de bolsa de marca (Coco, em homenagem a Chanel). Veraneava por vezes nos Hamptons? Sem dúvida, e usava de fato palavras como "veranear".

Apesar disso, Violet Townsend era gentil com estranhos, atenciosa com os sentimentos alheios e não poupava tempo nem esforço com os outros. Sempre levava o presente perfeito para uma festa. Em seus brunches, servia mimosas em abundância com bacon de alta qualidade *e* opções vegetarianas.

Também estava fortemente envolvida com meia dúzia de instituições de caridade, trabalhava como tutora voluntária toda quarta-feira à tarde e detestava fofoca, ainda que, de alguma forma, acabasse sabendo tudo sobre todos.

Não que esperasse uma medalha por nada disso. Só achava que, uma vez que tivera o privilégio de nascer herdeira, que fosse então uma herdeira boa e generosa.

Por isso, quando a melhor amiga de sua falecida avó a convocou, numa tarde de domingo, Violet não hesitou em desmarcar o encontro de sempre com a *sua* própria melhor amiga.

Edith Rhodes era uma mulher prática e metódica. Violet sabia disso por experiência própria; era braço direito de Edith desde que se formara na faculdade. Mas, embora Edith fosse uma CEO exigente e poderosa, não era afetada. Planejava tudo nos mínimos detalhes e acreditava que *urgente* era sinônimo de *mal preparado*.

Em outras palavras, não era o tipo de mulher que fazia drama. Se Edith precisava de Violet agora, era porque precisava *agora*. E porque havia algo de errado.

Era uma tarde de janeiro ensolarada e vigorosa, assim como a breve caminhada de Violet até a casa de Edith, na Park Avenue. Ela estava impecável como sempre, porque, se Edith ensinara algo a Violet nos poucos anos desde que a colocara debaixo de suas asas, foi que emergência se encara com batom e um belo par de saltos.

Violet estava usando escarpim vinho, calça cinza, uma blusa branca e, claro, as pérolas, que haviam se tornado sua marca registrada, ainda que trouxessem consigo uma história um tanto triste.

Mas ela não gostava de pensar naquilo.

"Boa tarde, Alvin", disse, entrando no hall e sorrindo para o mordomo, faz-tudo e fiel escudeiro de Edith.

Ele olhou atento para os pés de Violet, onde normalmente veria Coco, saltitando feliz por entre seus tornozelos. "E cadê a mocinha?"

"Em casa, descansando. Ela odeia o frio, e seus melhores suéteres estão sujos", explicou, com uma piscadela, embora a pequena Yorkshire *tivesse* de fato uma pilha de suéteres de cachorro no cesto de roupa suja de Violet.

Ela então avaliou Alvin.

"E o senhor, como está?"

Alvin pegou o casaco de Violet com uma das mãos e, com a outra, deu um tapinha triste na barriga levemente arredondada. "É o estômago, querida. Provavelmente uma úlcera. Podia ser muito pior."

"Hmm." Ela fez um murmúrio condescendente, ainda que mordesse a língua. "Sinto muito. O que o Dr. Howell disse?"

Ele franziu a testa para ela, ligeiramente mal-humorado, mais como um menino de seis anos do que um senhor de sessenta.

Violet esperou, paciente.

Ele bufou, fechando a cara mais um pouco ao ceder. "Gases", admitiu. "Mas o médico parecia meio distraído. Acho que vou voltar na semana que vem, quando ele estiver com a cabeça no lugar."

"Claro", Violet concordou. E apontou para o pé dele. "E o dedo?"

Na semana anterior, Alvin tinha autodiagnosticado o dedo dolorido como gangrena, sendo amputação a única cura provável, mesmo quando Edith o lembrara de que ele tinha topado no móvel da sala de jantar exatamente com aquele dedo.

Ele piscou, sem dúvida com dificuldade para manter-se a par de todas as muitas doenças que tinha, e, por fim, respondeu, meio tímido: "Ah. Melhorou".

"Que bom." Violet sorriu. "Fico feliz que não tenha precisado amputar."

Alvin estreitou os olhos e balançou o dedo para ela, em repreensão. "Quando você era pequena, não era assim atrevida."

"Quem está sendo atrevida?", ela perguntou, inocente, beijando-o no rosto e seguindo para a sala de estar. Alvin era um hipocondríaco cansativo, mas era o hipocondríaco *dela*. "Edith está aqui?"

"Está." O tom brincalhão de Alvin foi substituído pelo de preocupação, e não era por sua úlcera/gases.

A porta estava aberta, e Edith ergueu a cabeça assim que Violet entrou na sala.

"Violet", ela sussurrou mais do que falou, e Violet sentiu um embrulho no estômago. A Edith que conhecia não se abalava por nada, mas a mulher na sua frente naquele instante estava absolutamente fragilizada.

Edith pareceu ter ouvido os pensamentos de Violet, pois endireitou os ombros, resoluta.

"E Coco?", perguntou, com as sobrancelhas franzidas, olhando ao redor, para onde a cachorrinha de Violet normalmente estaria correndo em círculos.

"Em casa", Violet respondeu. Sentando-se ao lado de Edith no sofá, ela pegou a mão da senhora e foi direto ao ponto. "O que aconteceu?"

Edith calou-se por um momento e com a outra mão mexeu no colar. Mais do que preocupada, Violet já estava assustada. Edith Rhodes *não* era dada a gestos involuntários.

A mulher mais velha pousou a mão de volta no colo, lenta e deliberadamente, como se tentasse recuperar o controle. "É Adam."

Violet apertou a mão de Edith, em silêncio e solidariedade. O único filho de Edith tinha morrido apenas alguns meses antes. Fora uma perda difícil, claro, mas Violet suspeitava que a própria Edith sabia que havia perdido Adam para o vício e a vida de festas muito antes da overdose de álcool com heroína.

Por isso, a angústia de Edith *a essa altura* era um tanto intrigante. Uma reação atrasada, talvez, embora não fizesse o estilo de Edith. Afinal, ela lidava com tudo no presente.

Edith engoliu em seco, depois limpou a garganta e afastou os olhos inquietos para o canto mais distante da sala, antes de voltá-los para Violet. "Você sabe que Bernard e eu esperávamos deixar a empresa para Adam."

Violet concordou, escondendo cuidadosamente seu ceticismo quanto ao desenrolar dessa história. O Adam Rhodes que Violet conhecera não tinha condições de assumir uma banca de limonada, muito menos o conglomerado Rhodes International. Violet não era exatamente uma funcionária da empresa, mas, como braço direito e assistente pessoal de Edith havia tantos anos, aprendera o suficiente sobre a coisa para saber que todos os dias eram negociados acordos de investimento imobiliário multimilionários; não era bem o lugar para um homem cuja principal preocupação no escritório fora manter o móvel de canto de sua sala sempre bem abastecido com seu bourbon preferido.

"Saber que a Rhodes vai sair da família tornou a morte de Adam duplamente difícil", continuou Edith. "Eu já deveria ter me resignado há muito tempo, com Adam daquele jeito, um filho único que nunca se casou..."

Violet assentiu de novo, dessa vez com cumplicidade. Edith acabara de perder o marido, no ano anterior, e, meses depois, perdeu o filho. Como Violet também tinha perdido, bem, *todo mundo*, conhecia muito bem a dor e a sensação de não ter nada — nem ninguém — a quem recorrer. "O que posso fazer? Do que você precisa?"

Com seus olhos azuis, Edith observou carinhosamente o rosto de Violet. "Você sempre foi tão boa para mim."

Violet respondeu ao comentário com um olhar de repreensão gentil. "Diz a mulher que ajudou a me criar. Você é praticamente a minha família. O que está te incomodando? A gente pode resolver."

Edith apoiou a testa na mão, não mais fingindo estar bem. "Não é segredo que Adam sempre foi um pouco selvagem."

Eufemismo. "Claro."

"Bem, parece que ele teve uma aventura *particularmente* selvagem no primeiro ano de faculdade, nas férias de primavera. Ele foi para... Cabo... Cancun... Não lembro mais", ela disse, com um gesto displicente. "Conheceu uma menina, e, bem, você sabe como ele era. Sempre foi namorador."

Mulherengo, Violet acrescentou mentalmente.

"Tem alguma... Esta mulher está fazendo algum tipo de chantagem?", perguntou Violet, segurando-se para não implorar a Edith que contasse logo tudo.

"Ela morreu."

Violet levou um susto, pois o comentário frio não tinha vindo de Edith, mas de uma voz ríspida e masculina atrás delas.

A jovem se levantou num movimento suave, que contrastava com o agito de seu coração à medida que ela procurava a origem da voz.

Ao ver o homem recostado na lareira do outro lado da sala, gelou. Como pôde não o ter notado antes? Não era possível distingui-lo muito bem, em meio às sombras, mas sua *presença* parecia enorme. Imponente e muito *masculina*, sobretudo na exageradamente decorada sala de estar vitoriana de Edith Rhodes.

Aliás, o homem nem parecia saber o que era vitoriano. Vestia calça jeans desbotada, uma camiseta de manga comprida e botas arranhadas, e uma coisa era certa: não pertencia àquele mundo.

"Saia", ordenou Violet, assumindo calmamente o controle da situação. "Não sei quem você é, mas você não pode simplesmente entrar aqui como se fosse um... um..."

Ele levantou a sobrancelha muito escura em tom de desafio. *Um o quê?*

"Violet", chamou Edith, baixinho.

Violet quis olhar para a amiga, mas parecia estar presa no olhar irritado e mal-humorado do estranho.

"Violet", repetiu Edith, com a voz um pouco mais firme. "Deixe-me apresentar meu neto, perdido há muito tempo."

2

O silêncio disparou como um foguete, explosivo e consumindo tudo em sua quietude.

Neto!

Edith não tinha netos. Adam era filho único, nunca tinha se casado, nunca tinha tido filhos...

Aos poucos, o cérebro de Violet foi pegando no tranco, enquanto ela se lembrava do que Edith tinha acabado de contar, as férias "selvagens" de Adam. Aquilo claramente tinha resultado em...

Nele. O homem recostado na lareira não moveu um músculo.

Violet piscou depressa, tentando recuperar a compostura. Mas falhou, porque as palavras que saíram de sua boca foram incomumente rudes. "Tem certeza?"

"Este é Cain Rhodes", disse Edith, em um tom que não deixava espaço para dúvidas. "Filho de Adam."

"Stone", ele retrucou.

A palavra solta, proferida com rispidez, repercutiu em Violet com uma intensidade perturbadora. Ele tinha a voz meio rouca; baixa, irritada e... sotaque sulista? Muito distante do tom articulado que estava acostumada a ouvir dos homens de seu círculo social.

"Stone?", Violet repetiu.

Ele baixou a cabeça. "Meu nome é Cain Stone. E não *Rhodes.*" Cain praticamente cuspiu o último nome, como se fosse uma obscenidade.

Cain Stone.

Ela repetiu mentalmente, e reconheceu que era apropriado. Tinha uma rispidez que sem dúvida combinava com o dono.

Edith se levantou, e Violet instintivamente estendeu a mão para ajudá-la. Mas Edith lançou um olhar cortante, e Violet baixou a mão, ciente de que a tutora não gostava de demonstrações de fraqueza.

Edith acenou com a cabeça em direção ao neto. "Quando Adam estava na faculdade, ele e a mãe de Cain tiveram um..."

"Eles treparam", disse Cain, meio entediado.

Se sua intenção era escandalizar, ele tinha conseguido surpreender Violet, mas Edith apenas lhe lançou um olhar frio de desaprovação. "Cain foi o fruto dessa união."

Violet apertou os lábios, sem saber se ria ou se espantava. O contraste entre a escolha de palavras da avó e do neto não poderia ser mais revelador.

"Como ele a encontrou?", Violet perguntou a Edith, tentando fingir que a presença intensamente masculina de Cain não a incomodava.

Ele percebeu o ceticismo no tom de Violet e deu uma risada incrédula. "Acha que sou uma fraude?"

Pra falar a verdade, *acho*. Foi o que Violet pensou. Ela levantou a cabeça e o encarou, deixando seus pensamentos bem claros.

De jeito nenhum aquele sujeito rude e mal-educado tinha sangue dos Rhodes nas veias. Adam Rhodes podia até ser um festeiro inveterado, mas tinha sangue azul, era absolutamente polido. Violet achava difícil imaginar que Adam pudesse ter gerado alguém tão... *tosco*.

"Escuta aqui, duquesa", disse Cain, debochado, afastando-se da lareira e ajeitando-se de pé em toda a sua... altura. E como era alto. "Vossa majestade aqui veio e *me* encontrou, então pode pegar todas essas suas suspeitas esnobes e enfiar no..."

"É verdade", Edith interrompeu depressa. "Fui eu que o procurei. E não o contrário."

"Por que não me contou?", Violet perguntou baixinho, tentando esconder a mágoa. Edith era o que Violet tinha de mais próximo a uma família, e ela achava que o sentimento fosse mútuo. Nas últimas semanas, elas tinham passado a véspera de Natal, o Natal e o Ano-Novo juntas.

E não eram só os feriados e a relação pessoal, elas também haviam passado incontáveis horas juntas nos dias de semana, Edith como a CEO da Rhodes International, Violet como seu braço direito. Edith tivera várias oportunidades de contar algo tão importante a Violet, mas simplesmente...

Escolhera não contar.

A aparição de um *neto* era de longe o evento mais importante na vida de Edith desde a morte do marido e do filho, e, ainda assim, de alguma forma, Violet não estava em sua lista de confidentes.

Violet respirou fundo, tentando afastar a mágoa para processar mais tarde, mas seu tom de voz continuava acusatório. "Desde quando você sabe?"

"Logo depois do Dia de Ação de Graças, finalmente me obriguei a organizar as coisas de Adam. Tinha uma certidão de nascimento. A mãe era Eve Stone, o nome de Adam aparecia nitidamente no lugar do pai. E um menino. Cain."

Um lampejo de graça apaziguou de leve a mágoa de Violet, e ela levou três dedos aos lábios, numa tentativa frustrada de segurar o riso. "Adam e Eve tiveram um filho, e eles colocaram o nome de Cain? Assim como Adão e Eva tiveram Caim e Abel?"

"*Ela*", corrigiu o homem, num tom grave de alerta. "Minha *mãe* escolheu meu nome. Adam não teve nada a ver com isso."

"Certo", disse Violet, contida, voltando-se para ele. "Então sua *mãe* escolheu seu nome em homenagem a um assassino do Antigo Testamento que cometeu fratricídio?"

Ele se limitou a encará-la.

"Fratricídio significa matar o próprio ir..."

"Eu sei o que significa", cortou ele. "E não tenho irmão, nem morto nem vivo."

"Mas *tem* uma avó", interrompeu Edith, trazendo-os de volta ao centro da questão. "O que faz de você o único herdeiro da Rhodes International."

Violet se orgulhava de conseguir esconder bem as emoções, mas mesmo seu autocontrole cuidadosamente praticado tinha limites, e ela ficou boquiaberta. "*Edith.* Você não pode estar falando sério. Você quer entregar a empresa?"

Ela conseguiu não terminar a pergunta com um incrédulo "para *ele*?".

Por pouco.

"Ele é meu neto", repetiu Edith, como se precisasse continuar se lembrando desse fato. "A empresa sempre foi gerida por um Rhodes. E o último desejo de Bernard foi que continuasse assim."

"Mas Bernard não tinha ideia de que Adam morreria tão tragicamente jovem, ou que seu único filho..."

Violet lançou um olhar de dúvida para Cain, e ele estreitou os olhos em resposta.

Edith encarou Violet numa súplica, implorando-lhe que entendesse. "Ele é da família."

"Da *família*", repetiu o homem, em provocação. "Não sei como funcionam as coisas nesta selva de pedra que vocês chamam de cidade, nem neste museu que chamam de casa, mas de onde venho, a *família* não finge que alguém não existe por trinta anos."

"Ah, quer parar de repetir isso?", Edith ordenou, impaciente. Violet conteve o sorriso. "É a última vez que vou dizer, então trate de enfiar na cabeça: não teve fingimento algum. Eu não sabia que você existia até outro dia, e comecei a procurá-lo no *instante* em que descobri."

Cain bufou, sarcástico. "Ou melhor, você pegou o seu talão de cheques e mandou alguém me encontrar na Luisiana."

Luisiana. Estava explicado o sotaque.

Edith entrelaçou as mãos e lançou um olhar suplicante ao neto que Violet nunca tinha visto antes. "Cain, por favor. Eu fiquei na dúvida... Não imaginei que Adam teria escondido meu único neto de mim..."

"Meu pai querido parece ter sido um belo de um babaca", resmungou Cain, em sua fala arrastada.

"Tal pai, tal filho", comentou Violet, baixinho.

O comentário passou despercebido por Edith, que já não ouvia tão bem quanto antes.

Mas não por Cain.

Seus olhos escuros e contrariados voltaram-se para ela antes de retornarem para a avó. "Já disse, não quero saber disso."

"Ainda assim, você está aqui", Edith reagiu, com uma pitada de satisfação.

Ele cruzou os braços e fechou a cara. "Não posso negar que as palavras *empresa bilionária* me deixam curioso. Mas não pertenço a este lugar."

"Não mesmo", Edith concordou, sem rodeios. "Por isso pedi a Violet que viesse até aqui."

Violet levou um susto ao ouvir o próprio nome. Imaginava que tinha sido chamada ali para dar apoio moral, mas, diante da expressão obstinada e especulativa de Edith, a jovem se preparou para um pedido mais complicado.

"Minha aposentadoria no final do ano é uma certeza absoluta", começou Edith. "O conselho já está planejando a votação para o meu substituto. E embora eu já estivesse resignada a entregar as rédeas a um não Rhodes, se não *precisasse* fazer isso..."

A intensidade da esperança na voz da matriarca apertou o coração de Violet.

"Posso ensiná-lo a tocar a empresa", Edith disse a Violet, com um entusiasmo quase infantil. "Vai ser difícil, ele tem muito a aprender, mas é possível. O menino é inteligente."

Violet contorceu os lábios ao ver aquele sujeito imenso e irritado rosnando por ter sido chamado de *menino*.

"Mas essa aspereza toda precisa se suavizar", continuou Edith, sem se preocupar em baixar a voz. "Ele vai precisar adentrar não só o mundo dos negócios, o que posso providenciar, mas o círculo social; o *seu* círculo social."

"Espera aí", interrompeu Cain, irritado. "Não tenho a menor intenção de chegar perto da duquesa nem das Barbies amiguinhas dela. Ela parece mais a mulher no broche feio que minha mãe herdou da minha avó, da minha avó *verdadeira*, do que uma mulher de verdade."

Violet se irritou. Uma coisa era insultá-la, mas suas palavras foram escolhidas intencionalmente para ferir Edith, e *isso* ela não ia aceitar.

"Bem, então, sinta-se livre para voltar correndo para a Luisiana", retrucou a jovem, com uma impaciência que não lhe era comum. "Porque posso garantir que o *broche* aqui e as minhas Barbies não estão nem um pouco interessadas no seu jeans rasgado nem nesse rabo de cavalo."

"Violet." Edith agora suplicava, e Violet a fitou com cautela. "Por favor. Ensine-o. Ajude-o a se encaixar neste lugar."

Os dois jovens riram ao mesmo tempo — ele com mais indelicadeza que ela, mas não com menos desprezo.

"Você tá brincando!", exclamou Violet, enquanto Cain rosnava um "Nem *fodendo*".

Edith fechou a cara para os dois como se fossem crianças rebeldes. "Faz todo o sentido. Ninguém conhece as regras tácitas da vida em Manhattan como Violet."

Violet estremeceu. Sabia que a amiga estava fazendo um elogio, mas, por um brevíssimo instante, seu coração se apertou diante da ideia de que talvez ela não passasse daquilo. Uma coleção de regras. Regras que nunca questionou, apenas seguiu. Um recipiente de boas maneiras, de resolução de problemas e do que quer que precisassem dela.

Edith estava distraída demais para captar a hesitação, mas Violet deduziu que, pelo modo como Cain a avaliara, com seu olhar aguçado, ele devia ter percebido a reação dela e tomado nota.

Então Cain era observador. Muito útil para se adaptar à vida em Nova York...

Não, *não!* Ela não podia estar considerando aquilo seriamente. Estava?

Era uma tarefa impossível. Ainda assim...

Impossível era algo estranhamente atraente. Fazia quanto tempo que ela não encarava um desafio em qualquer aspecto?

E quando fora a última vez que alguém — Edith, inclusive — a considerara capaz de algo que não fosse ficar quietinha, impecável, tomando conta da disposição dos assentos?

Conseguiria transformar aquele sujeito raivoso e grosseiro em alguém capaz de segurar as pontas numa sala de reunião? Capaz de navegar os meandros traiçoeiros da cena social de Nova York?

Capaz não só de dar um nó na gravata, mas de ficar bem com ela?

De repente, ela quis muito tentar, desesperadamente.

No entanto, Violet também estava cada vez mais consciente de que Edith tinha cometido um raro erro de julgamento. Ela parecia ter a impressão de que era *Violet* que precisava ser convencida. Talvez por causa de seu apego emocional à ideia de família, Edith não parecia perceber que seu maior obstáculo ao grande plano era o próprio Cain. Bastava olhar o jeito irritado com que cerrava a mandíbula para notar que estava doido para entrar no primeiro voo de volta para a Luisiana.

Se ficasse, não seria por lealdade familiar. A julgar por sua expressão, nem a promessa de dinheiro e prestígio parecia suficiente. Ele estava pronto para fugir.

Mas talvez, quem sabe, se Violet pudesse ferir seu *orgulho*...

"Seria só uma questão de renovar o guarda-roupa", Edith continuava a dizer, uma vez que tinha recuperado a compostura. "Algumas lições de decoro. Mostrar a cidade, apresentá-lo a gente da sua idade."

Cain abriu os braços em protesto. "Sem ofensa, vovó, mas posso dirigir sua preciosa empresa muito bem nestas roupas."

Violet deu uma risada, condescendente na medida certa para provocá-lo. "Tem certeza? Porque pra mim você parece prestes a mastigar feno."

"Aposto que feno é bom pra servir caviar", ele respondeu, forçando o sotaque.

Violet apontou a mão para ele, com a palma para cima, olhando para Edith com cara de *Veja só isso!*

"O que você está me pedindo é impossível", concluiu ela, com um triste aceno de cabeça, como se lamentasse. "Ficaria feliz em mostrar a cidade para ele, mas enquanto ele estiver morrendo de medo de fracassar..."

Cain deu uma risada incrédula. "Medo? Medo de quê, porra?"

Violet o encarou com olhos arregalados e inocentes. "Não precisa ter vergonha. É uma tarefa monumental que ela está pedindo de você, e entendo perfeitamente se não estiver disposto."

"Ah, entende perfeitamente", repetiu ele, num tom esnobe de ironia e com a sobrancelha arqueada em escárnio. "Psicologia reversa, duquesa? Esse era o seu grande plano?"

Violet examinou as unhas para evitar ter que confirmar que ele estava certo. Valeu a tentativa.

Cain balançou a cabeça para a avó com um sorriso de desprezo. "Você trouxe a garota errada, Edith. A duquesa aqui tá se achando e não tem cacife pra lidar com nada fora da sua zona de conforto. Ia desistir antes de completar uma semana tentando me transformar em seu fantoche."

Violet se aproximou de Cain pela primeira vez, interpondo-se entre ele e Edith, para forçá-lo a se dirigir diretamente a ela. "Prove isso."

"Já disse, esses joguinhos psicológicos não vão..."

"Acho que você tem razão, isso não vai durar uma semana", ela o interrompeu. "Mas não sou eu que vou desistir — é *você* que vai perceber que não vai dar conta do recado. Você não dura um dia no meu mundo."

Os olhos de Cain pareceram brilhar, ainda que brevemente, ante o desafio, e ele cerrou a mandíbula, como se estivesse em guerra com os próprios instintos.

Então soltou uma longa sequência de xingamentos em voz baixa, metade dos quais Violet nunca tinha ouvido.

"Tá bom!", exclamou para a avó. "Já que a duquesa aqui quer brincar de boneca, posso servir de boneca, se isso significa que vou herdar uma fortuna."

"*Maravilha*", comemorou Edith, batendo palmas com prazer e ignorando os palavrões do neto e seu claro desprezo pela situação. "Vou pedir ao Alvin para trazer um champanhe."

A matriarca dos Rhodes deixou a sala, tendo restaurado a costumeira vitalidade incompatível com a idade, e no mesmo instante Violet permitiu que seu sorriso docemente recatado evoluísse para um de triunfo presunçoso.

"Você está bem satisfeita consigo mesma", comentou Cain, com uma voz entediada, se aproximando dela. Era ainda mais alto do que Violet imaginara, e mais corpulento também. Mais uma vez, a masculinidade estranha e indomada fez seu coração acelerar e sua respiração falhar. "Acha que me manipulou, não é?"

Como sabia que a proximidade dele era calculada para deixá-la desconfortável, Violet forçou-se a levantar o rosto e encará-lo.

Foi um erro.

De perto, podia ver que seus cílios eram grossos e curvos, com as pontinhas surpreendentemente douradas. De perto, ele cheirava a hortelã e sabonete, sem qualquer indício de perfume.

Era de um charme irritante.

Cain, por sua vez, estava fazendo suas próprias avaliações, descendo os olhos devagar do couro cabeludo até os pés dela, como se a estivesse vendo *de verdade* pela primeira vez.

Quando ele voltou a encará-la, ela sentiu um frio na barriga. *Ai, não.*

"E aí?", perguntou Violet, aliviada por sua voz não entregar sua respiração ofegante. "Não manipulei?"

O sorriso que ele lhe ofereceu foi lento. Predatório. Então se aproximou ainda mais, até ela poder sentir o calor de seu corpo. "Cuidado, duquesa. Olhe de novo pra mim desse jeito, e quem vai ser *manipulada* é você, e não vai ser com gentileza."

Ela respirou fundo diante da sugestão descaradamente sexual.

"Não se preocupe", murmurou Cain, sarcástico. "Garanto que você vai gostar."

3

"Tá de brincadeira."

Como era a terceira vez que Keith pronunciava aquelas mesmas palavras, Violet não se apressou em responder. Cortou um pedacinho da vieira e passou lentamente pelo delicioso molho de manteiga. Levou a vieira à língua, saboreando-a por apenas um momento antes de mastigar, engolir e tomar um gole de Chardonnay.

Por fim, ela olhou para Keith. "Não tô de brincadeira. Quer que eu desenhe?"

Keith piscou de surpresa diante da rispidez da resposta, e não era para menos. Violet raramente era rude, mas desde que encontrara Edith e o neto recém-descoberto no dia anterior, sentia-se meio fora de si.

Pegou o telefone meia dúzia de vezes para dizer a Edith que não poderia seguir com o plano. Ou melhor, para dizer que não *queria* seguir com o plano — não queria passar sabe-se lá quantos dias com um homem que claramente não a suportava.

Mas, em todas as vezes, Violet baixou o telefone de novo. Em parte porque odiava a ideia de decepcionar Edith, mas sobretudo porque seria como deixar Cain vencer.

O sujeito deixara claro que não achava que ela sobreviveria uma semana ao lado dele. E Violet não queria de forma alguma permitir que Cain pensasse que ela era tão dócil e cautelosa a ponto de recuar antes mesmo de começarem, principalmente pela forma provocativa com que ele encerrara a conversa. Ela não lhe daria a satisfação de saber o quão abalada ficara. Ou que, naquele momento, havia esquecido até mesmo que Keith existia.

Estava nervosa, sim, mas também determinada, o que era estranho por si só. Violet não era o tipo de pessoa que ia até o fim em uma discussão. Era boa em acalmar os ânimos dos outros, resolver problemas e conciliar as pessoas. Estar motivada a encarar Cain Stone por orgulho e antipatia não condizia com sua índole.

Olhou para o outro lado da mesa, notou a expressão perplexa de Keith e percebeu que era melhor fazer bom uso de suas habilidades em acalmar os ânimos.

Sorriu e estendeu a mão para a de Keith. Ele olhou para a mão dela e hesitou por um momento antes de segurá-la. O toque era quente e familiar, ainda que não fosse exatamente elétrico.

Violet tinha se resignado à falta de química entre eles havia muito tempo. Para ela, havia coisas mais importantes do que paixão e frio na barriga. Ela queria alguém que a apoiasse, alguém com quem pudesse contar.

Keith era firme.

Seguro.

Não exatamente o mais sensual dos adjetivos, mas era importante para ela mesmo assim. Violet perdera os pais ainda muito jovem e fora acolhida pela avó. Anos depois, na faculdade, sua rede de apoio fora destruída mais uma vez, quando levara um pé na bunda do namorado de longa data no mesmo ano em que perdera a avó.

Saber que perdas eram inevitáveis fazia com que Violet buscasse segurança sempre que possível. Era em parte por isso que apreciava a confiança inabalável de Edith, ainda que a mulher não fosse muito calorosa. Esse seu histórico também impactara suas prioridades românticas. Seu namorado na faculdade era divertido, apaixonado e espontâneo; ela o adorava, o que tornou tudo ainda mais difícil quando sua espontaneidade fez com que ele se apaixonasse por outra pessoa e a deixasse sem a menor cerimônia.

Hoje em dia, ela era mais cuidadosa e valorizava outras qualidades. Queria um homem que fosse confiável e seguro.

Um homem como Keith.

E o fato de que eles sempre pareceram um casal inevitável também ajudava; quase como se tivessem sido feitos sob medida um para o outro. Tinham crescido no mesmo bairro, estudado na mesma escola, seus pais participavam dos mesmos eventos sociais.

Não que estivessem destinados a se tornar amigos, pelo menos não exatamente. Keith era quatro anos mais velho e fazia o papel de garoto mais velho e bonito por quem ela e suas amigas ficavam babando nas festas de fim de ano em que se levava a família.

Ele próprio mal sabia que ela existia.

Tudo mudou na faculdade, quando Violet perdeu a avó de repente, e não tinha o namorado para ajudá-la a superar a perda.

Triste e solitária, a jovem aceitou de bom grado os cuidados de Edith, e foi numa das muitas festas da dona da Rhodes que os caminhos de Violet e Keith se cruzaram novamente. Foram gentis um com o outro, mas, naquele primeiro encontro, ele estava acompanhado. Na segunda vez que se encontraram, *ela* estava acompanhada. Foi assim por um ano ou dois, até que eles finalmente sincronizaram os relógios e apareceram sozinhos numa festa de Ano-Novo. O beijo à meia-noite virou um jantar de Dia dos Namorados, depois uma viagem para Southampton no Dia do Trabalho, e ali estavam eles.

Ela com vinte e sete anos, ele, trinta e um e... juntos?

Na verdade, Violet nunca soube como chamar Keith. *Namorado* parecia uma palavra muito juvenil e frívola. Não estavam noivos, e *amantes* também não se encaixava bem — a julgar pelo último ano. Ela achava que talvez pudessem ser considerados parceiros, embora fosse difícil definir que parceria tinham.

Em geral, ela dizia a si mesma que o relacionamento deles era do tipo adulto e maduro, que não precisa de rótulos nem promessas. Eles gostavam dos mesmos restaurantes. Eram frequentemente convidados para jantar e faziam companhia um ao outro em espetáculos de música clássica e eventos de gala para arrecadação de fundos para caridade. Os pais de Keith a adoravam e, quando Violet jantava na casa de Edith, quase sempre o namorado a acompanhava.

Violet sabia que todo mundo tinha certeza de que eles iam se casar. Já ela própria não sabia muito bem o que pensava disso.

"Então você conheceu esse tal de Cain?", perguntou Keith, com os ânimos aparentemente acalmados pelo toque dela. "Edith apareceu com ele no escritório, e o sujeito é..." Keith acenou a mão. "Deus, nem tenho palavras pra descrever."

Tentando conter a irritação com o fato de que ele não conseguia parar de reclamar de Cain, ela soltou a mão dele e pegou os talheres de novo. "É, conheci."

"O rapaz da manutenção que consertou o termostato estava mais bem vestido."

Violet respirou fundo. A condescendência dele a irritava, principalmente porque era um reflexo incômodo de seus próprios pensamentos, sua própria arrogância.

"Isso é fácil de resolver", Violet comentou, tranquila. "Só levá-lo pra comprar uns ternos."

Keith bufou. "Você sabe tão bem quanto eu que ele precisa de mais do que o cartão de crédito de Edith e um bom alfaiate para se encaixar no papel."

"Keith", ela disse, tentando repreendê-lo e acalmá-lo ao mesmo tempo.

"Desculpe", ele murmurou, ajustando a gravata como se estivesse sufocando. "É só que... me irrita que um vagabundo de rabo de cavalo que nunca viu um barbeador na vida possa chegar do nada e se apoderar de uma coisa pela qual todos nós trabalhamos muito."

Ah. Então *esse* era o motivo da antipatia adicional: ressentimento profissional.

Keith era vice-presidente sênior na Rhodes e fazia parte do conselho. O trabalho era tudo para ele, e Edith sempre parecia satisfeita com seu desempenho; chegara até a dizer, admirada, que ele tinha crescido mais rápido na empresa do que qualquer um que ela conhecia.

Se Cain se tornasse CEO, a ascensão hierárquica de Keith certamente se tornaria menos impressionante.

"Imagino que seja difícil de engolir", Violet comentou. "Mas você sabia que uma coisa assim iria acontecer. A Rhodes sempre foi uma empresa familiar, e todo mundo sabe que Edith só continuou trabalhando muito além da idade em que deveria ter se aposentado porque estava esperando que Adam tomasse jeito."

Ele não respondeu.

"Keith?", ela insistiu.

Ele deu uma garfada distraída na comida e encolheu os ombros. "Aquilo era diferente. Todo mundo sabia que Adam nunca estaria sóbrio o suficiente para tocar a empresa. Era só uma questão de tempo até Edith perceber que teria que passar as rédeas para outra pessoa."

Violet arregalou os olhos. "E *Edith* sabe disso?"

Ele estalou a língua, impaciente. "Você sabe como ela é. Teimosa, obstinada e obcecada pelo 'legado' da família. Sempre se irritou por não poder fabricar linhagens de sangue pela pura e simples força da personalidade."

"O que explica por que ela ficou tão animada ao saber do neto", observou Violet. "Afinal, é a última chance que tem de preservar o legado da família."

Ele revirou os olhos. "Tinha esquecido como você é cegamente leal a essa mulher."

"Leal, sim", ela retrucou, tentando não soar irritada. "Mas cega, não. Edith fez muito por mim a vida toda. E por você, acho que posso acrescentar. Ela te contratou para um cargo sênior antes dos trinta."

"Porque eu era qualificado para o cargo."

Ou porque eu pedi a ela, Violet acrescentou, em silêncio.

"Estou feliz por ela", continuou a jovem, com sinceridade. "Ela merece ter a oportunidade de manter a empresa na família."

Keith pressionou o ossinho do nariz. "Isto não é um episódio de *Dynasty*, Violet. Cargo de CEO não é mais herdado hoje em dia."

"Tá, tudo bem", cedeu ela, percebendo que ele não ia mudar de assunto até extravasar tudo o que precisava. "Quem *você* acha que deveria assumir a empresa?"

Keith, enfadado, deu outra garfada no pato.

Ela inclinou a cabeça para o lado e o avaliou. "Você?"

Ele pousou o garfo com uma precisão tranquila. "Por que *não* eu? Sou o que ela tem de mais próximo de uma família."

Violet piscou, perplexa. "Como assim?"

"Bem, você é *praticamente* neta dela. E você e eu somos..."

Ele fez um gesto com a mão, como se quisesse demonstrar como era óbvio.

Você e eu somos o quê?

De repente, Violet teve muita vontade de que ele terminasse aquela frase, então uma ideia preocupante surgiu em sua cabeça: e se sua relação pessoal com a CEO da Rhodes International tivesse sido o que fizera Keith insistir em cortejá-la, apesar da falta de química entre os dois?

E se...

Não. Violet afastou a desagradável e desconfortável ideia. Ela e Keith já eram um casal bem *antes* de ele começar a trabalhar na Rhodes. E não havia nada de errado em ter ambição profissional. Ele era bom no trabalho, a própria Edith dissera isso. *Por que* não podia cobiçar o cargo máximo de qualquer empresa?

Keith estremeceu. "Nossa. Desculpa. Estou sendo muito insensível. É que também me preocupo com Edith, Violet."

Violet amoleceu na mesma hora, sentindo-se culpada pelos pensamentos traiçoeiros.

Keith continuou: "Não suporto a ideia de um estranho mercenário tirando proveito dela só porque o filho embarrigou uma mulher por aí".

E..., simples assim, a boa vontade dela desapareceu.

"Que bela escolha de palavras, Keith", murmurou Violet. "E, se você quer saber, pelo que vi, Cain não está exatamente pedindo para assumir o escritório. Acho que nem quer estar aqui."

"É, tenho certeza de que ganhar uma empresa e um bilhão de dólares deve ser um sacrifício mesmo", ele comentou, sarcástico, para a própria taça de vinho.

"Você está se precipitando", argumentou Violet. "Independentemente da vontade de Edith, o conselho teria que votar nele."

Keith a fitou, então pareceu relaxar pela primeira vez naquela noite. "Tem razão. Tem razão, claro. O conselho é leal a Edith, mas não a ponto de cometer loucuras. Eles vão perceber o que ele é."

"E o que ele é?", perguntou ela, curiosa.

Keith ergueu um ombro, passando a desfrutar de sua refeição com mais entusiasmo agora. "Ele não é um de nós, Vi."

"Ainda não", retrucou ela. "Mas quando eu terminar com ele..."

Ele soltou uma risadinha de descrença que irritou seus nervos já feridos. "Acha mesmo que pode fazer isso? Fazer dele um de nós?"

Ela pegou a taça de vinho e a ergueu num brinde, com um pequeno sorriso. "Você vai ver."

4

No dia seguinte ao encontro com Keith, Violet parou diante da casa do falecido Adam Rhodes, pronta pra viver sua própria versão de *My Fair Lady* com o herdeiro relutante.

Ela inclinou a cabeça para trás para admirar a fachada estreita de três andares enquanto enfiava a mão na bolsa, distraída, e coçava a cabeça de Coco. Não que ela tivesse *desejado* especificamente um cachorro que coubesse na bolsa. Foi mais uma questão de ter se apaixonado por uma cadelinha que, mesmo adulta, não pesava nem um quilo e meio, além de ser uma madame minúscula e preguiçosa.

"Lembra daqui, fofinha?", perguntou ela. "Você fez cocô na porta quando era filhotinha."

Coco a fitou de cara feia. *Sério, mãe?*

"É segredo. Só a gente sabe", garantiu Violet, esfregando o polegar sobre a orelhinha sedosa. O que ela não mencionou foi que ninguém além das duas sabia porque Adam e seus convidados tinham bebido vários martínis àquela altura, para não falar das outras substâncias presentes naquela noite.

Violet pensou no atual morador da casa e franziu os lábios. Ao contrário do pai esbanjador, não parecia o tipo que gostava de passar a vida completamente entorpecido. Na verdade, Cain parecia muito atento. Atento demais.

Coco voltou a se enfiar na bolsa, dando três voltas apertadas, antes de se enrolar numa bolinha, sonolenta.

Respirando fundo, Violet subiu a escada com cuidado em seus saltos, já que o concreto estava rachado e precisava desesperadamente de uma manutenção.

Já estivera naquela casa várias vezes. Adam, apesar das muitas, *muitas* falhas, era filho de Edith. E, sendo Edith praticamente da família, ele também era. Em seus poucos períodos de sobriedade, até chegara a ser uma espécie de figura paterna para ela. E, embora raros, Violet se lembrava com carinho desses momentos. Adam fora um dos melhores amigos do pai dela, além de padrinho de casamento.

A avó de Violet sempre lhe contava histórias sobre seus pais. Mas, mesmo na adolescência, ela achava as histórias da avó açucaradas demais, fosse por causa da parcialidade natural de uma mãe afetuosa com seu filho e sua nora, fosse pela tentativa de retratar David e Lisa Townsend da melhor maneira possível para a filha deles.

A versão de Adam para David e Lisa, por outro lado, parecia mais interessante e verdadeira. Violet prezava muito os raros momentos em que ele estivera sóbrio o suficiente para aliviar sua curiosidade a respeito de sua família. As histórias de Adam retratavam o pai de Violet como um homem travesso, com um senso de humor perverso e um anseio por ver um mundo que não fosse aquele lugar perfeito em que nascera.

À medida que ia ficando mais velha, Violet passou a supor que tinha sido esse anseio que fizera de Adam e seu pai melhores amigos. Os dois, à sua maneira, estavam buscando refúgio da educação puritana.

Adam, nas drogas e no álcool.

O pai de Violet, em aventuras, o mais longe possível de Nova York.

Em ambos os casos, as respectivas escolhas de estilo de vida acabaram levando-os à morte. A jovem também se perguntava se eles alguma vez se arrependeram dessas escolhas, ou se pararam para observar o efeito que tinham sobre as pessoas à sua volta. Será que Adam ou seu pai sequer percebiam que seu "amor pela diversão" tinha também um lado sombrio? Que deixava as pessoas que os amavam terrivelmente *sozinhas*?

Violet afastou conscientemente os pensamentos melancólicos e voltou a atenção para um homem ainda mais misterioso para ela do que seu falecido pai ou o melhor amigo imperfeito dele.

Um homem que, em menos de dois meses, ela teria que transformar de mal-humorado e interiorano, recém-saído da Luisiana com seu rabinho de cavalo, num executivo que fosse bem recebido pela sociedade da Park Avenue, pronto para encarar um conselho diretor.

Sabia que não seria fácil. Talvez nem sequer *possível*.

Mas ela estava armada com pelo menos um artifício: o elemento surpresa.

Recebera de Edith o número de telefone de Cain, mas decidira não ligar para ele de propósito. Para descobrir como mudar Cain, precisava saber o que o instigava. E, para isso, precisava ter um vislumbre do homem tal como era antes que ele tivesse tempo de vestir sua máscara.

Ele podia ignorá-la, claro, ou nem estar em casa, o que a levava à segunda arma, que não era de se desprezar: ela tinha a chave da casa de Adam.

O pai de Cain dera a ela para o caso de alguma emergência, e, no entendimento de Violet, essa bagunça toda com que tinha se comprometido definitivamente poderia ser considerada uma emergência. Ainda assim, julgou que o homem merecia um mínimo de aviso, então bateu à porta, em vez de entrar de uma vez.

Ignorando a aldrava antiquada, deu uma batidinha atrevida na madeira com os nós dos dedos. Coco levantou a cabeça para investigar, mas pelo visto foi a única. Cain não ouviu ou fingiu não ouvir a batida.

Violet bateu de novo, dessa vez mais forte. Nada. Moveu-se para a esquerda sutilmente, para espiar pela janela.

Esperou. Esperou um pouco mais.

Seus olhos se estreitaram; tinha quase certeza de que podia ver uma sombra embaçada movendo-se lá dentro e ouviu passos. Ainda assim, a porta não se abriu.

"Tudo bem, sr. Stone, vamos fazer do seu jeito", murmurou ela. "Sem modos e sem educação."

Violet enfiou a mão na bolsa e ganhou um monte de beijos lambidos de Coco, enquanto seus dedos tateavam em busca da chave.

Assim que a encontrou, a enfiou na fechadura e estava prestes a girar a maçaneta quando a porta se abriu, puxando Violet com tanta força que ela bateu em uma parede.

Mas a parede era um *homem*. Um homem sem camisa.

Assustada, Violet pousou a mão no centro daquele peitoral para se afastar, mas exagerou no movimento e se desequilibrou nos saltos finos.

Cain estendeu o braço para firmá-la, com as mãos quentes em seus braços, fazendo, ao mesmo tempo, cara feia para ela.

Assim que ela se equilibrou novamente, ele a soltou como se sua pele estivesse em chamas. "Que tipo de sapato idiota é esse? E o *que* você tá fazendo na minha casa, Viola?"

Violet lançou um olhar fulminante, porque não cogitava que ele não lembrasse seu nome, e ele sabia *exatamente* o que ela estava fazendo ali.

Ele cruzou os braços e, embora os dois continuassem se encarando, ela começou a perceber os detalhes da situação. O homem não só estava sem camisa; a calça jeans estava praticamente *aberta*, como se ele tivesse se vestido às pressas.

Ela mordeu o interior da bochecha. "Fecha o zíper."

"Eu tô na minha casa. Pode ir embora se não gostou da minha roupa."

"Da sua *ausência* de roupas", corrigiu ela.

Coco anunciou enfim sua presença, deixando escapar um latido como que em defesa de sua dona.

Cain voltou os olhos para a bolsa, horrorizado. "O que é isso?"

Ela revirou os olhos. "Uma cadela."

Ele pareceu não acreditar. "Em que mundo, Oz?"

Coco soltou um gemido, e Violet fechou a cara para Cain, enquanto apontava para a pequena Yorkshire. "Você feriu os sentimentos dela."

"Nem sei como vou dormir hoje à noite de tanta culpa."

Violet expirou, tentando reunir paciência. "Em Nova York, os bons modos ditam que você tem que me convidar para entrar."

"No mundo *inteiro*, os bons modos ditam que você não deveria invadir a casa de outra pessoa."

"*Touché*, é verdade. Talvez você não seja uma causa perdida, afinal. Mas está frio aqui fora, então..." Violet entrou, tomando cuidado para não o tocar ao passar por ele. "Além do mais, não está um pouco cedo para chamar esta casa de *sua*?", perguntou ela. "Faz quanto tempo que você chegou, uma semana?"

"Uma semana longa demais", resmungou ele, fechando a porta.

"Não gostou da casa?"

Adam nunca fizera muito pela fachada, preferindo deixá-la com a aparência imponente e atemporal que as famílias do Upper East Side gostavam de chamar de clássica, mas que às vezes podia simplesmente ser traduzida como *velha*. Por dentro, no entanto, o homem não poupara gastos para renová-la com comodidades modernas.

Ao contrário das casas de Edith e Violet, que haviam sido decoradas deliberadamente para preservar a estética do pré-guerra, Adam seguira uma linha mais século XXI. Até onde Violet sabia, o piso de madeira era praticamente a única coisa original ali. Adam pulara o estilo contemporâneo e fora direto para o *moderno*.

Ele não poupara custos, deixara o designer de interiores ir à loucura, mas, apesar de todo o gasto, Violet nunca gostou do lugar. Tudo, desde o cabideiro branco de girafa até o sofá modular laranja neon, dava a ela uma sensação geral de desconforto.

O clima ultramoderno e descontraído combinava perfeitamente com a personalidade escorregadia de Adam e seu jeitão de playboy, mas Violet não pôde deixar de notar como o filho dele parecia deslocado no ambiente. O próprio elefante numa loja de porcelana.

Cain a seguiu até a cozinha, franzindo a testa enquanto confirmava suas observações. "Nem um pouco, detestei a casa."

Violet olhou ao redor em busca de um café, mas as bancadas estavam vazias, exceto por uma caixa de pizza.

"Você não bebe café?", perguntou, colocando a bolsa no chão para que Coco pudesse explorar o ambiente, se quisesse.

Ele recostou na bancada, sem notar ou sem se importar que continuava seminu. "Bebo. Mas não tem cafeteira."

Ela abriu o armário à direita da pia. Como imaginava, a prensa francesa de Adam ainda estava ali, e havia até um pacote fechado de grãos de café. O café estava um pouco velho, mas pelo menos era cafeína; Violet se sentia cada vez mais cansada, e eles nem tinham começado ainda.

Começou a passar um café, sentindo o olhar de Cain acompanhando cada movimento seu.

"Você vem sempre aqui, é?", perguntou o rapaz, com sarcasmo, enquanto Violet colocava os grãos no moedor que encontrou num dos armários.

Ela deu de ombros. "Conhecia bem o seu pai."

"Quão bem?"

Ela lançou um olhar cauteloso de canto de olho para ele, enquanto ligava a chaleira para ferver a água. "Ele era um amigo da família."

"*Amigo*, tipo..." Ele levantou as sobrancelhas, propositalmente grosseiro.

Violet nem se dignou a responder. "Você toma café como?"

"Puro." Ele apontou a cafeteira com a cabeça. "Que diabo é isso?"

"É uma prensa francesa. Um tipo de cafeteira."

"Que trabalheira", ele comentou, erguendo os braços para se espreguiçar.

"Desculpa, não é instantâneo", ela retrucou, com um leve tom de malícia.

Ele a surpreendeu com sua risada, um murmúrio grave. "Caramba, você é muito esnobe."

"Não sou nada."

O riso de desdém dele dizia tudo.

"Então", começou ela, enquanto marcava quatro minutos no cronômetro e se voltava para ele. "Já que estamos presos um ao outro, melhor começar do início. Quem é Cain Stone?"

"Tá de brincadeira comigo?", disse ele, de olho na bolsa de Violet, enquanto Coco saltava para fora e começava a cheirar o piso de madeira. Então voltou a atenção para Violet. "Você invade a minha casa logo cedo e acha que vamos ficar de papo?"

Violet piscou. "Logo cedo? São dez e meia da manhã."

Ele balançou a cabeça. "Tá na cara que você nunca foi a New Orleans. E ainda é cedo."

"Você morou lá a vida toda?", ela perguntou, agarrando uma oportunidade de conhecê-lo melhor. De entendê-lo. Pelo bem de Edith, é claro.

"Não."

Antes que ela pudesse tentar arrancar mais alguma informação, o som inconfundível de pés descalços em degraus de madeira chamou sua atenção.

Ela olhou para Cain, surpresa ao descobrir que não estavam sozinhos. Ele não pareceu nem um pouco surpreso diante da loira baixinha e curvilínea que entrou na cozinha descabelada, vestindo nada mais que uma camiseta larga. Que claramente pertencia a Cain, já que batia na coxa da mulher. Violet não passava de um metro e sessenta e cinco, mas aquela camiseta deixaria sua bunda de fora, e não de um jeito sensual.

Não que ela tivesse tido muitas chances de experimentar. Fazia séculos que seu relacionamento com Keith não era mais físico, e mesmo nas poucas vezes que dormiram juntos, quase que por obrigação, nunca pensara em pegar uma das camisetas dele emprestada.

E muito menos ele tinha oferecido.

"Oi, linda", disse Cain, virando-se para oferecer à mulher um sorriso sonolento e demorado.

Violet piscou algumas vezes diante do charme descaradamente sexual. Onde ele estava escondendo *aquilo*?

A loira o abraçou pela cintura, apoiou o queixo no braço dele e o fitou, ignorando Violet de propósito, embora tenha olhado para Coco. "Cachorro fofinho."

"Hmm", respondeu Cain, evasivo, antes de se deixar entregar a um beijo apaixonado, um tanto barulhento demais.

Como estavam muito envolvidos um no outro para prestar atenção ou até lembrar que ela estava ali, Violet torceu o nariz em desgosto diante dos barulhos.

O cronômetro disparou, e a mulher desgrudou dos lábios de Cain, olhando enfim para Violet. A expressão em seu rosto não chegava a ser antagônica, mas o clima era inconfundível: *ele é meu.*

Violet sorriu com gentileza. *Fique à vontade.*

"Alguém quer café?", ela perguntou aos dois.

"Eu!", respondeu a mulher.

Eu, por favor, corrigiu Violet, mentalmente, como fora corrigida na infância até que os bons modos se tornassem tão naturais para ela quanto o ato de respirar.

Violet foi até a geladeira. Como esperado, estava vazia, tirando um engradado de cerveja e uma embalagem de comida para viagem. Ela a fechou novamente. "Pode ser puro?"

A mulher fez uma careta. "Eca. Vai ter que ser, né?"

Violet fixou os olhos nos de Cain só por um instante. *Sério?* Não tinha ninguém pior, não?

Ele apenas a encarou de volta, sem expressar nada.

Violet pegou três canecas no armário, então se deu conta de que a cafeteira pequena não seria suficiente para encher as três.

Como seu instinto de anfitriã entranhado não lhe permitiria servir uma mísera meia caneca de café aos presentes num esforço para fazer render três porções, ela serviu duas canecas cheias para Cain e a companheira, e ficou sem nenhuma.

Então deslizou as canecas pela bancada na direção deles. Nenhum dos dois agradeceu.

Violet reprimiu um sarcástico *de nada* e começou a limpar a cafeteira para fazer uma segunda rodada.

Cain, no entanto, lhe deu um susto ao se aproximar, pegar a caneca vazia, despejar metade de seu próprio café dentro e a colocar sem cerimônia diante dela.

Violet escondeu a surpresa não só por ele ter compartilhado o café, mas por ter notado que ela não se servira.

"Obrigada", disse a ele.

Ele agiu como se ela não tivesse dito nada e encostou-se na bancada, caneca na mão, pernas cruzadas na altura dos tornozelos, jeans ainda desafiadoramente aberto, só uma faixa de...

A jovem tutora desviou os olhos e voltou a enxaguar depressa a cafeteira. Então secou as mãos, pegou sua caneca e voltou-se para a convidada de Cain. Como ele não parecia prestes a apresentá-las, ela sorriu e estendeu a mão. "Oi. Sou a Violet."

"KC", disse a mulher, apertando a mão de Violet com um olhar obviamente curioso. "Você é uma prima rica de Cain ou algo assim?"

"Amiga *próxima* da família", mentiu Violet, sem a menor hesitação.

Cain deu uma risada debochada.

"Legal", comentou KC, desinteressadamente, enquanto coçava o olho. Em seguida, observou a mancha preta no dedo. "Bom, tenho que ir. Tenho vinte minutos pra chegar no trabalho."

"Onde você trabalha?", perguntou Violet educadamente, na esperança de demonstrar a Cain como conduzir uma conversa amistosa.

"De dia, numa cafeteria em Midtown. De noite, num bar em Yonkers. Foi lá que conheci Cain, ontem."

Violet sorriu. "Bem, isso responde à minha próxima pergunta, que era há quanto tempo vocês se conhecem."

KC estreitou os olhos, como se tentasse avaliar o nível de sarcasmo de Violet. Então deu de ombros, virou o restinho do café e entregou a caneca vazia à anfitriã. "Aqui. Já tô em maus lençóis com meu chefe babaca, porque apareci chapada na semana passada."

Violet pegou a caneca sem dizer uma palavra.

KC subiu a escada, provavelmente para se vestir.

Violet colocou a caneca de KC na pia. "Mais café?", perguntou a Cain, já que ele parecia estar bebendo em grandes goles.

Antes que ele respondesse, ela começou a preparar a cafeteira de novo. *Ela* precisava de mais café para lidar com ele. Na verdade, nesse ritmo, iria precisar de uma taça de vinho à tarde.

De canto de olho, notou Cain observando-a cuidadosamente, como se estivesse tomando nota do procedimento, mas, no segundo em que ele a pegou olhando, sua máscara de indiferença reapareceu.

"Então, duquesa. Quer me explicar essa história de arrombamento e invasão de domicílio?"

"Não *arrombei* nada", argumentou ela. "Quanto à invasão de domicílio, quando você não respondeu, achei que podia estar tomando banho", mentiu.

Ele arregalou os olhos. "Você achou que eu tava no banho e interpretou isso como sua deixa para entrar? Acho que este nosso acordo vai ser mais interessante do que eu imaginava."

Ele se inclinou levemente na direção dela, e sua masculinidade pura e simples a deixou tensa.

"Dá pra vestir uma roupa, por favor?", ela revidou.

Cain mostrou-se indiferente de novo, daquele jeito insolente que parecia ser sua forma preferida de comunicação. "Se não gosta, pode sair pela mesma porta que entrou. Vai passear num museu ou algo assim."

"Falando em museu", comentou Violet. "Eles são meio que uma instituição de Nova York, o que significa que você vai frequentar *muito* museu num futuro próximo."

Cain nem tentou disfarçar a careta. "Então, você tava falando sério? Vai mesmo fazer isso? Tentar me transformar num almofadinha só porque aquela velha mandou?"

"Aquela *velha* é a sua avó."

"Minha avó o cacete."

"Mas ela falou que os exames de sangue deram..."

"Fodam-se os exames de sangue", retrucou ele. "Acha que família é isso? Mesmo tipo de sangue? Essa gente não dava a mínima pra mim até precisar de alguma coisa."

"Talvez o Adam não", argumentou Violet, mantendo a voz calma. "Mas conheço Edith quase tão bem quanto a mim mesma. Ela jamais teria deixado de entrar em contato se soubesse de você. Agora que *sabe*, está obviamente fazendo de tudo para estabelecer um relacionamento..."

Cain interrompeu na maior grosseria, resmungando: "Um relacionamento comigo? Ela quer me transformar numa marionete arrumadinha."

"Ah, coitadinho", comentou ela, sarcástica. "Não se esqueça de que essas cordinhas na verdade são as rédeas de uma empresa que vale um *bilhão* de dólares, pra não falar da casa onde você vai morar, de graça..."

"É, um sonho mesmo", cortou ele, com ironia. "Só o que preciso fazer é abrir mão da minha casa, da minha identidade, minha dignidade..."

"Bom, fique à vontade, pode ir embora", concluiu Violet, docemente.

Ele não faria isso, claro. *Ninguém* abriria mão do que Edith estava oferecendo a Cain Stone. A fortuna dos Rhodes incluía acesso a um jatinho particular, pelo amor de Deus.

"Merda", ele murmurou, virando o restinho de café.

Violet torceu o nariz. "O palavrão é dispensável."

"*Isso* é dispensável? Falou a duquesa de colar de pérolas de velha. Quantos anos você tem, vinte e dois quase noventa? Tudo em você é dispensável." Ele estendeu a mão e sacudiu um dedo insolente na direção do colar, mas Violet recuou depressa.

"Não encosta nisso", repreendeu ela; a voz saiu num rosnado protetor que ela mal reconheceu.

Cain gelou, estreitando os olhos de leve, como se percebesse que a zombaria tinha tocado numa ferida aberta.

"Ei, espera aí", disse ele, em outro tom. Mais grave, quase consolador. "Me..."

Se ele ia se desculpar — e nada garante que ia —, foi interrompido por KC descendo ruidosamente a escada. A camiseta sumira. Em seu lugar, surgiram botas de cano baixo, calça preta larga e um top apertado.

"Você não trouxe casaco?", perguntou Violet, antes que pudesse evitar.

KC deu uma risada irônica. "Vou ficar bem, *mãe*."

Violet estremeceu. Merecia o gracejo, mas ainda assim doeu, principalmente vindo logo depois que Cain maldosamente a chamara de velha.

KC mandou um beijo para Cain e foi até a porta. Ele não fez menção de ir atrás.

Violet voltou-se para ele assim que a porta se fechou.

Cain estava olhando para ela. "Um casaco? Sério?"

"O quê?", perguntou ela, na defensiva. "Tá frio lá fora."

"Meu Deus", murmurou ele. "Quer que eu corra atrás dela pra perguntar se o chefe dela paga previdência privada e também se ela tomou vacina contra gripe?"

"Ele sabe o que é previdência privada", murmurou Violet, baixinho, passando o café. "Já é um começo."

Cain segurou o pulso dela no instante em que ela estava prestes a servir o café. "Não sou um caipira", retrucou, perto o suficiente para que ela pudesse sentir a respiração dele em sua bochecha.

"Não? Prova", desafiou ela, tranquilamente, afastando a mão e enchendo as canecas. "Para de agir feito uma criança birrenta e fecha logo essa *merda* dessa calça."

5

A única indicação de que Cain ficou surpreso com o palavrão foi um simples piscar de olhos, mas foi surpreendentemente gratificante pegá-lo desprevenido, pelo menos por um instante.

Aliás, a *própria* Violet pegara-se desprevenida. Violet Victoria Townsend não falava palavrão. Nunca.

Pareceu algo proibido. Foi *ótimo*.

Cain retomou o semblante entediado e ergueu a sobrancelha com escárnio. "Saindo da zona de conforto, é?"

"Se vestir é sair da *sua* zona de conforto, ou você acha que dá conta?"

"Você parece meio obcecada pela minha vestimenta, duquesa."

Violet queria ter uma resposta atrevida, mas tinha gastado toda a sua coragem no palavrão, e ele sabia, porque riu baixinho ao se afastar dela.

A risada foi substituída por um tropeção e uma torrente de palavrões que colocou o dela no chinelo. "Meu Deus, quase pisei na sua ratazana."

"Ela sempre se enfia debaixo dos nossos pés", admitiu Violet. "Por isso acabo deixando-a na bolsa."

Violet estava indo até Coco, quando Cain a surpreendeu, pegando no colo a cadelinha marrom e preta, que pareceu ainda menor na mão grande dele. Cain a ergueu diante do rosto e fez uma careta para ela.

A cadela e o homem se encararam por um bom tempo, como se estivessem se estudando. Coco aparentemente gostou do que viu, porque o recompensou com uma lambida no nariz.

Violet estremeceu, preparando-se para a reação aborrecida de Cain, mas ele mais uma vez a surpreendeu, subindo a escada com Coco no colo.

"Você não vai matá-la, vai?", exclamou Violet.

Ele não respondeu.

Alguns minutos depois, quando Cain desceu, estava com uma camiseta cinza desbotada quase puída, mas pelo menos tinha fechado a calça. Ainda trazia Coco no colo, e a cachorrinha descansava confortavelmente em seu antebraço, aninhada contra seu abdômen como se pertencesse àquele lugar.

Mais de perto, Violet reparou que a camiseta não era lisa, como imaginara, mas tinha uma estampa muito desbotada. Ela inclinou a cabeça ao reconhecer. "Flor-de-lis."

"O quê?" Ele parecia irritado.

"O desenho na sua camisa", explicou ela, apontando, diante da falta de resposta. "É flor-de-lis."

"Eu sei o que é."

Ela sorriu um pouco. "É a mesma estampa do papel de parede do meu banheiro, sabia? Você tá vestido igual ao banheiro que a minha avó decorou."

Mesmo sob a barba, dava para vê-lo rangendo os dentes. "É o logo do New Orleans Saints."

Ela o encarou.

"O time de futebol, não conhece?"

Violet deu de ombros.

Cain se limitou a balançar a cabeça e foi até a geladeira. Abriu e fechou a porta, vendo que estava vazia, exceto pela cerveja e a sobra de comida.

Ela já contava com isso e tomou a iniciativa. "Pensei que a gente podia sair para tomar um café da manhã. Discutir nosso plano de ação para essa mudança de visual em que nos metemos."

Ele a fitou com um olhar perspicaz. "Mudando a abordagem, é? Fingindo que estamos nessa juntos?"

E não estamos?

"É só um café da manhã", observou Violet, com o que considerou ser uma paciência admirável.

Ele ergueu a cachorra até o nível dos olhos e olhou para ela, balançando a cabeça. "Totó e eu somos contra."

"Coco."

"Você entrou aqui carregando ela numa cestinha. Vou ter que chamar de Totó. Ela pode entrar em restaurante?"

"Não", admitiu Violet. "Vamos ter que deixar na minha casa. Não deveria nem ter trazido, mas ela ficou com uma carinha tão triste quando percebeu que eu ia sair sem ela."

"É uma opção. Ou...", ele levantou um dedo, "... você e Totó poderiam ficar *juntas* em casa."

Ela fingiu não ouvir a sugestão. "O que você tem comido desde que chegou aqui?"

"Tem uma loja de *bagel* na esquina. É boa."

"*Bagel* é uma boa introdução a Nova York, mas você nunca vai conhecer a cidade se ficar só neste quarteirão."

"E?"

Ela suspirou. "Se vai assumir a empresa, vai ter que fazer as pazes com a cidade. Não vai morrer se ao menos *tentar* se virar."

Ele cruzou os braços. "Pode ser."

Violet inflou as bochechas, lembrando-se de que ele estava *tentando* irritá-la. E era bom nisso. "Se você tem tanta dificuldade assim pra tomar um café da manhã, vai odiar fazer compras, né?"

"Compras?" Ele ficou espantado.

"É, foi o que pensei", concluiu ela. Então inclinou a cabeça, tentando outra tática: suborno. "O restaurante tem bacon."

Tanto Coco quanto Cain pareceram se animar, embora ele tenha sido rápido em retomar a máscara de sarcasmo. "É, porque é só isso que basta pra fazer um homem te obedecer. A promessa de bacon."

Ela apenas olhou o relógio. Esperando.

Ele hesitou. "Onde fica esse lugar?"

"Perto daqui. Se você se vestir agora..."

Ele olhou para baixo. "Estou vestido."

"Você está *de roupa*, sim. Quis dizer se arrumar. Para o dia."

Ele continuou a encará-la, então Violet teve que esclarecer:

"Pra sair."

Nada.

A suspeita tingiu-se de uma preocupação de que as coisas fossem piores do que ela imaginara. Para confirmar o pior de seus medos, Violet contornou-o e começou a subir.

"O que você tá fazendo?", gritou ele atrás dela, colocando Coco no chão e seguindo Violet.

"Avaliando seu guarda-roupa", respondeu ela, sem se virar para trás.

O quarto principal ficava no final do corredor, mas com uma rápida olhada Violet percebeu que estava intocado.

Ela parou junto da porta, ligeiramente tensa ao sentir Cain se aproximando por trás, perto demais. Grande demais. Masculino demais.

"Não vou dormir na cama de um morto", anunciou ele, explicando-se, enquanto Coco dançava ao redor de seus tornozelos.

"É compreensível", respondeu ela, baixinho. No térreo, era fácil esquecer que a casa pertencera a Adam Rhodes. Ali, no entanto, apesar de o lugar obviamente ter sido limpo e de todos os itens pessoais terem sido removidos, era como se ele pudesse entrar a qualquer momento.

Violet deu um passo para trás instintivamente, trombando no peito de Cain. Pela segunda vez no dia, Cain a firmou, só que desta vez a mão dele foi para a cintura dela, e não para os braços.

E se demorou ali, esfregando o polegar numa carícia.

Ela se recusou a reagir, sabendo que ele estava apenas tentando irritá-la. Não daria a ele essa satisfação, embora seu coração parecesse um pouco agitado demais.

"Já acabou de me *manipular*?", perguntou ela com frieza, numa referência deliberada ao confronto na sala de estar de Edith, alguns dias antes.

Ele riu baixinho, sua respiração agitando o cabelo dela. "Não se esqueceu disso, é, duquesa?"

Cain recuou, certamente pronto para voltar para o térreo, mas Violet seguiu pelo corredor e abriu a primeira porta. Banheiro — o que, de fato, ele estava usando, a julgar pela escova de dentes na pia e a bolsa de produtos de higiene surrada na bancada estreita.

Ela foi até o quarto seguinte, onde encontrou uma mala de pano em cima da cadeira e a cama amarrotada, e forçou-se a não pensar muito na última.

Abriu a porta do armário, preparada para avaliar as opções, em busca de alguma roupa mais arrumadinha, mas só encontrou cabides vazios.

Voltou-se então para a mala, hesitando só um pouco antes de revirá-la.

"É, você é *mesmo* a pessoa certa pra me ensinar bons modos", ele comentou, lentamente, recostando-se na porta, de braços cruzados, como de costume. "Invasão de domicílio. Roubo de café. Revirando as coisas dos outros..."

"Eu fiz café *pra você*", ela retrucou, puxando duas camisetas amassadas e mais uma calça jeans, tão gasta quanto a que ele estava vestindo. Uma calça de moletom. Um suéter azul que deve ter sido bonito um dia. *Anos* atrás.

Ela se virou, prestes a perguntar onde estava o restante das roupas, por que não tinha trazido mais nada, mas se conteve diante da cara fechada dele.

"Aparentemente, você não estava planejando passar muito tempo em Nova York", disse, apontando as poucas opções de roupa.

Cain encolheu os ombros e abaixou-se para coçar suavemente a cabeça de Coco com os nós dos dedos. Violet proibiu seu coração de derreter; nada de comparar com Keith, que mal tolerava a existência da pequena Yorkshire, muito menos a acariciava.

"Não achei que fosse passar mais que um dia ou dois", respondeu Cain. "Jamais imaginei que a velha ia tentar me fazer ficar até o Dia dos Namorados."

O *Dia dos Namorados*. Mesmo antes de Cain aparecer, Edith tinha planejado anunciar o sucessor aprovado pelo conselho no famoso Baile dos Namorados da Rhodes.

Violet sempre ficava ansiosa pela chegada do evento e a oportunidade de usar traje a rigor, mas, naquele ano, a festa parecia mais uma bomba-relógio.

Ela pegou o suéter e o examinou. Era macio. Não porque fosse de caxemira, mas porque fora bem usado. "Por que você veio? Pra Nova York, digo. Está obviamente infeliz com isso."

Outro encolher de ombros. "Curiosidade. O suficiente para conhecer a velha. Não planejava essa história toda de legado familiar com a empresa dela."

"Nem a fortuna incrível que veio de brinde", observou Violet.

"Nem isso", reconheceu ele, nem um pouco constrangido com a admissão.

"Ela vai ficar magoada quando você for embora, sabia?", a jovem deixou escapar. Não queria dizer isso, mas se importava muito com Edith para não se preocupar.

Ele sustentou o olhar dela por mais um momento, então se virou, lançando um brusco e desdenhoso: "Estou com fome".

Violet examinou o suéter uma vez mais, passando o polegar pelo tecido puído, depois o levou para o térreo.

"Vista isto", disse, enfiando o suéter no peito dele e se abaixando para pegar Coco.

Quando se levantou, ele ainda estava segurando o suéter, sem nenhuma intenção de vesti-lo.

"O que foi?", retrucou ela, impaciente, incapaz de ler a expressão dele.

Ele balançou a cabeça e vestiu o suéter. "Vai ter um dia, duquesa, que você não vai conseguir tudo o que quer. E eu gostaria de estar por perto para ver, mas, com alguma sorte, terei partido há muito tempo."

Ele se dirigiu para a porta, e Violet se pegou notando como o suéter enfatizava seus ombros largos, a calça jeans baixa no quadril esguio.

Ela teve uma vontade repentina de dizer que ele estava errado.

Não conseguia *nunca* o que queria.

Nem sabia o que era aquilo.

6

Violet hesitou na entrada da lanchonete, examinando a vitrine em busca do cartão com a avaliação sanitária presente em todos os restaurantes de Nova York. Nota A significava que o estabelecimento tinha ficado acima de C...

Cain pousou a mão em suas costas, empurrando-a porta adentro antes que ela pudesse verificar se o lugar não estava infestado de ratos.

Uma garçonete de cinquenta e poucos anos usando uniforme azul-celeste parou diante deles, com o bule de café na mão. "Mesa pra dois?"

Sem esperar uma confirmação, ela pegou dois cardápios com a recepcionista e se dirigiu para uma fileira de mesas.

Cain cutucou Violet mais uma vez, e, relutante, ela foi em frente, um tanto desconfortável por não combinar com aquele lugar. A maioria das pessoas estava de calça jeans. Havia um grupo de jovens em idade universitária de pijama. Dois operários de obra tinham deixado os capacetes de proteção na mesa, do lado das canecas de cerâmica.

Com suas botas de salto, o vestido Max Mara e o colar de pérolas, Violet estava deslocada ali.

A garçonete largou os cardápios numa mesa perto da janela, e a jovem sentou-se com cautela no assento de vinil rasgado.

"Café?", perguntou a garçonete, desvirando as canecas.

"Sim, por favor", respondeu Violet, desnecessariamente, não porque precisasse de mais café, mas porque a mulher já estava enchendo sua caneca.

"Já sabem o que vão pedir ou precisam de mais tempo?", a garçonete perguntou.

Violet piscou. Ainda nem havia tocado o menu, que sinceramente esperava que não estivesse pegajoso, e...

"Só uns minutinhos", pediu Cain, sorrindo para a mulher com uma simpatia incomum que o deixou quase irreconhecível. Violet o encarou.

Não gostou daquele sorriso.

Tornava-o... atraente.

A garçonete sorriu de volta para Cain, calorosa e um pouco sedutora. "À vontade, lindo."

Ela voltou a circular pela lanchonete, servindo café, e Violet puxou um dos cardápios timidamente, com a ponta da unha. Flagrou um sorriso malicioso de Cain e estreitou os olhos. "O quê?"

Ele se inclinou para a frente. "Admita. Seu esnobismo está morrendo de vontade de apontar tudo o que tem de errado neste lugar."

"Não tem nada de errado", retrucou ela, depressa. "É só... diferente."

"Então por que você aceitou? Por que não insistir no seu café chique?"

"Porque você vetou a minha sugestão antes mesmo de pisar no restaurante", ela o lembrou.

Ele a analisou por um momento a mais do que seria confortável. "E é isso que você faz? Concorda com o que a outra pessoa quer sem questionar?"

Seu tom não era incrédulo nem indelicado, mas a pergunta a tocou num ponto lá no fundo que a incomodou, então ela ergueu o cardápio e o examinou.

"O cardápio é imenso", comentou. "Como eles podem fazer tudo bem?"

"É uma lanchonete, duquesa. Só escolhe alguma coisa. Desculpa não ser como o lugar que você queria, com aquelas mesinhas e cadeiras minúsculas, e café a quatro dólares. Deixa eu adivinhar, o cardápio tem coisas como rúcula, alcachofra e quinoa?"

Violet ignorou a pergunta, porque seu prato preferido no Elliott's *incluía* rúcula e quinoa.

Ele deu um gole no café e estremeceu de leve. "Mas numa coisa tenho de dar o braço a torcer, duquesa, o seu café é melhor do que este."

"Na verdade, era o café do Adam", ela observou.

Cain fechou a cara diante da menção a seu pai, e Violet esfregou a testa com uma dor de cabeça iminente. Voltando para o cardápio, viu que só a seção de omeletes parecia ter uns vinte itens, e havia nove tipos diferentes de ovo poché. Como uma cozinha poderia fazer tudo aquilo direito?

Não poderia, concluiu. E baixou o cardápio, decidida a não se arriscar.

A garçonete voltou e completou os dois cafés, desnecessariamente. "Vão querer o quê?"

Cain pegou o cardápio de Violet e entregou os dois à garçonete, embora Violet não o tivesse visto nem abrir o seu. "Vou querer panqueca, o omelete de Denver e uma porção de bacon. Torrada de pão *sourdough*. Quer dizer... como é o biscoito?"

"Pra ela...", a garçonete apontou a caneta para Violet, "... é bom. Pra você... melhor pedir torrada."

"Por que a recomendação diferente?", perguntou Violet, curiosa.

"Porque, pelo sotaque, ele é de algum lugar que faz biscoito melhor do que a gente", explicou, antes de lançar um olhar impaciente para Violet. "E você, vai querer o quê?"

"*Parfait* de frutas, por favor", disse Violet, ganhando uma revirada de olhos, enquanto a garçonete se afastava sem anotar o pedido.

"*Parfait* de frutas?", repetiu Cain, dividido entre achar graça e achar repulsivo, tendendo para a última.

Ela encolheu os ombros. "Gosto de fruta. Gosto de iogurte. Não é muito pesado."

Ele abriu a boca, como se quisesse dizer alguma coisa, então balançou a cabeça e deu um gole no café, virando-se para olhar pela janela.

Violet aproveitou a oportunidade para estudá-lo.

Era mesmo muito bonito, ela tinha que admitir, apesar de não fazer seu tipo. Seus cílios eram grossos e curvos de uma forma que ela não conseguiria reproduzir nem com a ajuda de um curvex. O cabelo escuro também era grosso e encaracolado, puxado para trás num coque bagunçado na nuca, com algumas mechas escapando em torno das orelhas.

A verdade era que seria angelical, não fosse o queixo esculpido e a barba escura por fazer.

"Para de me encarar."

"Só estou tentando te entender", disse ela, mantendo um tom deliberadamente agradável.

"Não sou seu projeto." Ele a encarou de volta.

"Bem, na verdade, meio que é."

Ele cerrou os dentes antes de dar outro gole no café.

"Olha", disse Violet, entrelaçando as mãos no colo. "Vamos ser adultos por um minuto. Você vai ter que se decidir. Ou não quer seguir com o plano da sua avó, e nesse caso tem que avisar a ela e a mim que o acordo está cancelado. Ou você concorda e colabora."

"Posso concordar e não ficar feliz com isso."

"Claro que pode", ela concordou. "Se quiser dar uma de criança malcriada, pode, sim."

"Bem, e o que *você* faria na minha situação, duquesa? Um parente perdido invade a sua vida, vira tudo de cabeça para baixo. Imagino que até uma pessoa tão *fria* ficaria perturbada."

Fria. Um insulto estranho, e que feriu mais do que ela esperava, porque tocou num ponto fraco.

"Acho que ficaria agradecida", disse ela, "só de saber que *tinha* uma família que queria me conhecer."

Ele lhe lançou um olhar penetrante, e ela percebeu que havia revelado mais do que pretendia.

Depois de um momento de silêncio, perguntou: "Sua avó era amiga de Edith?".

"Era. Ela morreu quando eu estava na faculdade, mas foi ela que me criou." Violet deu um gole no café, embora frio fosse ainda pior.

"O que aconteceu com os seus pais?"

A mão de Violet se ergueu instintivamente para as pérolas no pescoço. "Morreram quando eu tinha onze anos. Estavam viajando na Costa Rica. O helicóptero deles caiu."

Cain ficou em silêncio por um bom tempo. E então: "Que merda".

Violet sorriu, melancólica, com a avaliação áspera. "É. Mas tenho sorte de ter Edith. Tinha vinte e dois anos quando minha avó morreu. Estava quase terminando a faculdade, mas, sinceramente, me sentia mais criança do que adulta. Eu tinha Edith nas festas de fim de ano, ela foi à minha formatura..."

"Devia ser bom", murmurou ele.

Violet quase estendeu a mão até o outro lado da mesa, mas mudou de ideia. "Ela *realmente* não sabia de você, Cain. Conheço Edith. Se imaginasse que havia a menor chance de ter um neto por aí, teria movido montanhas pra te encontrar."

Cain deu de ombros como se isso não importasse, mas ela sentiu que importava.

"Não entendo você", disse ela, baixinho. "Parece odiá-la, e continua aqui, seguindo o plano dela, mas com relutância."

"Você não teria como entender."

"Tenta."

Cain tamborilou os dedos uma vez na caneca de cerâmica. "A maior parte da minha vida foi uma merda. Muita coisa por minha própria culpa, outras não."

Ele baixou o olhar para a mesa.

"Quando era criança, passei muito tempo desejando que as coisas fossem diferentes, que eu tivesse mais sorte. Quando o advogado de Edith apareceu na minha porta, por um instante idiota voltei a ser aquela criança, achando que finalmente meu momento de sorte tivesse chegado."

A expressão dele era quase de raiva, mas, por um breve segundo, Violet pensou ter visto outra coisa.

Anseio.

Algo que ela entendeu muito bem. Mas, embora Violet normalmente fosse especialista em consolar as pessoas, não segurou a mão dele como faria com alguém que estava claramente sofrendo.

Seu instinto dizia que Cain Stone a jogaria de volta na sua cara.

Em vez disso, ela coçou o nariz e repetiu o que ele havia dito quando ela contou sobre seus pais. "Que merda."

Cain piscou e soltou uma risada. Ela o surpreendera novamente. Gostava de surpreendê-lo.

"O que você faz? Na Luisiana, com o que trabalha?", perguntou, querendo que ele continuasse a falar.

"Empresa de distribuição."

Ela esperou mais explicações e reprimiu um suspiro quando não veio nada, percebendo que seu projeto de transformação precisaria incluir a arte da conversação.

"E isso envolve o quê?", pressionou ela.

Ele pareceu surpreso e um pouco irritado com a pergunta, como se não esperasse uma continuação do assunto. "Distribuição de comida de restaurante. É um setor importante em New Orleans. Transportamos ostras e camarões para peixarias, passamos a fornecer direto para alguns restaurantes do French Quarter. Outras coisas também."

"Você gosta disso?"

"Paga as contas."

"Isso não é resposta", insistiu ela.

"É a que você vai conseguir."

Violet quis protestar, mas foi interrompida pela chegada da comida. *Muita* comida, quase toda colocada na frente de Cain.

Ela teve que admitir que, quando a garçonete pousou um prato de torrada *sourdough*, brilhando de manteiga, num cantinho livre perto do cotovelo de Cain, seu *parfait* de frutas pareceu muito pouco apetitoso.

"Mais alguma coisa?", perguntou a garçonete.

Cain ergueu os olhos. "Tem pimenta?"

"Sim. Só um instante."

Cain mordeu um pedaço de bacon e notou a expressão de Violet. "Arrependida?"

"Nem um pouco", ela respondeu, recatada, levantando a colher e limpando-a com seu guardanapo ao notar que estava um pouco molhada.

Ainda mastigando o bacon, Cain pegou o xarope de bordo, regou generosamente a pilha de panquecas e empurrou-a para ela.

"Ah, não, obrigada. Estou bem", Violet recusou, gesticulando com a colher para o iogurte e uma porção magra de frutas vermelhas ainda não muito madura.

Cain balançou a cabeça, aborrecido, cortou um pedaço de panqueca e estendeu o garfo para ela, sem perceber ou sem se importar quando a calda pingou na mesa.

"Estou bem", ela repetiu.

Cain ergueu as sobrancelhas em desafio. Como evitar discussão era instintivo para ela, e ele estava insistindo, e as pessoas provavelmente começariam a olhar para eles, Violet aceitou a garfada depressa, sobretudo para acabar com o constrangimento.

Começou a mastigar, mas parou por um instante, ao assimilar como era doce e saboroso. "Hmm. Nossa."

Os olhos de Cain pareceram brilhar por uma fração de segundo, mas logo aquela luz foi substituída por seu sorriso malicioso de sempre. "Talvez *eu* possa te ensinar uma coisa ou outra, duquesa."

"Como o quê?" Ela limpou um pouco de xarope da boca.

Ele cortou um pedaço da omelete, depois a olhou fixamente. E não desviou os olhos. "Como o fato de que a vida deveria ser mais do que *estar bem.*"

7

"Desculpe, mas essa parte não tem negociação. Você precisa de roupas novas", proclamou Violet, encarando Cain, enquanto apontava a loja de roupas na esquina da Oitenta e Cinco com a Madison.

"Então faz o que as pessoas normais fazem hoje em dia. Compra uma camisa na internet, e tudo certo."

"Não, *nada certo*. Gosto de compras on-line como qualquer outra pessoa, mas primeiro temos que estabelecer o seu estilo."

Ui. Escolha errada de palavras para um homem como Cain.

Ele a encarou por um momento, então se virou e se afastou sem cerimônia.

Ela correu atrás dele e pegou seu braço. "Tá bom, tá bom, desculpa. Mas a gente já está aqui. E você *disse* a Edith que ia tentar se adaptar..."

Ele puxou o braço dela com raiva. "Posso dirigir uma empresa muito bem com minhas próprias roupas."

"Algumas empresas, sim", Violet argumentou, calmamente. "Mas não a Rhodes. Entendo seu ressentimento, de verdade. Você quer ser medido pelo caráter, não pela aparência. Mas neste mundo, no mundo em que Edith quer que você entre, as impressões importam. Suas *roupas* importam."

Cain estreitou os olhos, então voltou-se para a loja atrás dela, com uma cautela evidente. "Não quero sair de lá parecendo uma merda de um ovo de Páscoa."

Violet sorriu, interpretando a declaração como um consentimento relutante. Deu um tapinha tranquilizador no braço dele. "Sua pele não combina com tons pastel, então acho que não vamos ter esse problema."

"Ah, não?", ele retrucou, com sarcasmo.

Violet ergueu as mãos espalmadas inocentemente. "Você que sabe, Cain. Não vou te arrastar como se fosse uma mãe indo comprar uniforme novo pro filho."

Ele bufou. "Obviamente você não conheceu minha mãe."

Cain examinou a vitrine por mais um instante, nitidamente numa guerra interna. Violet se perguntou se a capacidade apurada de observação que havia notado nele estava pesando agora. Ele deve ter notado que a calça jeans surrada e a camiseta desbotada não combinavam bem com a Madison Avenue. E embora não parecesse o tipo de homem que se preocupa com o que os outros pensam, ou em se enquadrar, também não parecia um homem disposto a fracassar.

"Você faria isso por Edith?", perguntou Violet.

Foi a coisa errada a dizer.

Ele fechou a cara na mesma hora e suas palavras foram cortantes. "A avó com a qual eu sonhava quando criança não era do tipo que condicionava seu amor às minhas roupas."

"Nossa, bem, lamento que ela não esteja largando tudo para te dar um leitinho com biscoito", retrucou Violet, perdendo a paciência com a determinação dele em arrumar briga em todas as frentes. "Se você não se importa com Edith, tudo bem, mas não é ela que você precisa convencer. São os membros do conselho. E posso te dizer de cara que eles não vão votar em alguém que parece que está indo pescar."

Ele ficou incrédulo. "Pescar?"

Ela fez um gesto displicente com a mão. "Ou seja lá o que você gosta de fazer nas horas vagas."

Cain a olhou com uma expressão sugestiva. "Duquesa, o que eu gosto de fazer nas horas vagas é muito mais prazeroso do que *pescar*."

Violet devolveu um olhar gélido, sem se deixar abalar pelos esforços dele em deixá-la desconfortável.

Bom, tudo bem, talvez ela *tenha* se abalado um pouquinho. Violet continuava sentindo seu cheiro limpo e de sabão, e estava mais satisfeita do que deveria. Ela também notava muito mais do que deveria como o suéter dele se moldava aos braços esculpidos.

O sorriso de Cain demonstrava que no mínimo ele suspeitava do que ela estava pensando.

"Tudo bem", concluiu Violet com um sorriso frio, começando a se virar. "Continue perambulando pela cidade vestido que nem o papel de parede da minha avó."

Ele a segurou pelo cotovelo e a puxou. Então apontou a loja com a cabeça. "Não quero nada rosa."

"Nada rosa", concordou ela, beijando os dedos cruzados e virando-se para entrar na loja antes que ele mudasse de ideia.

Os dois alcançaram a maçaneta da porta ao mesmo tempo, a mão de Cain cobrindo a dela, que congelou diante do contato, sentindo-se uma pré-adolescente.

Para disfarçar, ela abriu um sorriso condescendente. "Abrir portas para as pessoas. Um bom começo no campo das boas maneiras."

Ele tinha boas maneiras. Não muitas, mas já era um bom começo: dividiu o café com ela, abria portas e insistiu em pagar pelo café da manhã, além de ter dado uma gorjeta generosa à garçonete. E, mais intrigante ainda, fez questão de agradecer a ela quando eles saíram.

Ela tentou imaginar Keith *entrando* naquela lanchonete e se dando ao trabalho de agradecer à garçonete. Tentou e não conseguiu.

Isso desencadeou um pensamento muito mais incômodo: será que *ela* própria teria agradecido à garçonete se Cain não tivesse tomado a iniciativa? Violet sempre dizia por favor e obrigada para garçons nos restaurantes, mas fazer tanto esforço para agradecer, como Cain fizera? Não tinha tanta certeza, e perceber isso foi um pouco chocante.

Violet entrou na loja, e eles foram imediatamente recebidos por um vendedor sorridente. Em geral, esse comportamento a irritava quando ela estava só dando uma olhadinha, mas no momento não era o caso, e ela precisava de toda a ajuda possível.

Ela fez uma avaliação rápida do homem que se apresentou como Jacob, aliviada por sua calma e a voz baixa. Vendedores em Nova York às vezes podiam ser empolgados demais, o que teria diminuído suas chances de manter Cain na loja por mais do que cinco minutos.

"Oi, sou a Violet", apresentou-se. "Este é meu amigo Cain."

Ela pensou ter ouvido Cain bufar por causa do *amigo*.

"Em que posso ajudar?", perguntou Jacob.

"Cain é novo na cidade", disse Violet, decidindo que seria melhor adotar uma abordagem mais direta, com uma *mentirinha* inocente: "Ele me deixou convencê-lo a fazer uma mudança para um visual mais nova-iorquino."

"Certo", disse Jacob, e assentiu, deixando claro que entendera tudo o que Violet dissera e o que não dissera. "Venham comigo."

Ela ia segui-lo, mas voltou-se para Cain com um olhar perspicaz. "Você primeiro."

Caso ele estivesse pensando em fugir.

Ele fez uma cara feia para ela e seguiu Jacob para uma área de espera perto dos provadores.

Violet ficou aliviada que não houvesse muitos clientes na loja. Ia ser muito mais fácil para Cain sem um público de curiosos.

"Então, Cain, o que o traz à cidade?", perguntou o vendedor, por cima do ombro.

Violet quase riu. O que em geral seria uma pergunta inocente tinha uma resposta absurda.

Bem, vejamos. Para herdar bilhões, ele precisa convencer os maiores esnobes de Manhattan de que não saiu direto do pântano, embora... tudo indique o contrário.

"Negócios", respondeu Cain, seco.

Violet apertou o ossinho do nariz, fazendo uma nota mental para dar uma atenção especial ao quesito conversação.

Jacob assentiu com gentileza e apontou para um par de cadeiras de encosto fixo. Violet se sentou. Cain não.

"O que estamos procurando hoje?", Jacob perguntou.

"Um pouco de tudo", ela respondeu, antes que Cain pudesse responder de modo profano. "Um sobretudo, com certeza. Gostei muito daquele de lã cinza, na vitrine. Calça e camisa social. Talvez umas opções mais casuais também", comentou ela depressa, ao notar a expressão colérica do pupilo.

"Perfeito. Cain, tudo bem se eu tirar umas medidas?", perguntou o vendedor, puxando uma fita métrica.

Tudo bem, não. Ficou óbvio pela carranca de Cain, mas ele parou na frente de um espelho de corpo inteiro e tolerou que Jacob medisse seu comprimento de calça e a largura dos ombros.

Ombros largos, observou Violet. *Bem largos.*

"Se puderem me aguardar um minutinho, volto com algumas opções pra gente ter uma ideia", anunciou Jacob, olhando para seu bloco de notas e se afastando.

Cain se sentou ao lado dela, que olhou para ele. "Como estamos?"

Ele franziu a testa. "Não vem com essa merda de falar por nós dois. Não é você que está em exibição."

"Verdade. Enquanto isso, posso realizar meu sonho de infância: ser babá de um marmanjo mal-humorado."

"E ainda assim você concordou com o plano da velha", resmungou ele, recostando-se na cadeira. "Me faz pensar em quão chata deve ser a sua vida."

"Minha vida não é chata", retrucou ela, automaticamente.

"Ah, não? O que estaria fazendo agora, se não estivesse me vestindo feito uma Barbie?"

"Vai por mim, você está longe de ser uma Barbie. Está mais para GI Joe zangado", ela retrucou, esquivando-se da pergunta, para não ter que responder que provavelmente estaria resolvendo algum problema para Edith, embora, decerto, fosse de um tipo bem mais fácil do que o atual.

Jacob voltou com uma pilha enorme de roupas e conduziu Cain até um provador, enquanto explicava pacientemente que camisa combinava com qual calça, que visual era mais adequado a um brunch e o que era próprio para uma festa...

"Não esquece, estamos esperando um desfile aqui", disse, animada, enquanto Cain fechava as pesadas cortinas pretas do provador. Passou a mão pela abertura, com o dedo médio estendido.

Violet ficou tão surpresa que riu.

Enquanto Cain se trocava, ela preparou mentalmente suas respostas genéricas para quando a cortina se reabrisse. Violet era boa em dizer a coisa certa. Todas as amigas de Edith acreditavam quando ela garantia que a roupa não marcava. Era para ela que as amigas ligavam quando precisavam ouvir que *claro* que elas iam voltar a ter o corpo de antes da gravidez. Ela convenceu até Keith de que ele não tinha entradas, o que era uma façanha, porque ele definitivamente tinha.

Em outras palavras, Violet estava armada e pronta com belas lisonjas para assegurar a Cain de que, sim, ele ficava bem de calça social e caxemira, ainda que parecesse ridículo.

No final das contas, ela não precisou das respostas genéricas. Nem das lisonjas nem das mentiras. E não estava ridículo.

Quando Cain saiu da cabine, Violet mal conseguiu disfarçar o queixo caído.

Cain Stone não ficava *bem* com a calça cinza-escura e o suéter azul-claro. Ele parecia feito para essas roupas. Tudo se encaixava perfeitamente nele, como se feito sob medida, e não escolhido do cabide.

"Excelente", murmurou Jacob, observando Cain de uma forma educada mas analítica. "Sabe, acho que nem vamos precisar ajustar a calça. Ficou perfeita em você."

Ah, se ficou. Violet estava se sentindo meio... quente.

"O que está achando?", Jacob perguntou a Cain.

Cain respondeu indiferente: "Roupa é tudo igual."

O vendedor voltou-se para Violet, procurando mais ajuda. "E você?"

Ela demorou um pouco para responder, a boca estranhamente seca. "Muito bom."

Cain ergueu as sobrancelhas, e havia um calor em seu olhar quando seus olhos castanhos encontraram os dela. A voz dela soara... ofegante.

"Vamos tentar o suéter cinza-claro com a mesma calça", sugeriu Jacob, não percebendo ou ignorando as faíscas entre Cain e Violet. "Acho que você vai gostar do visual monocromático."

Violet não saberia dizer se Jacob estava falando com Cain ou com ela, mas quando Cain surgiu com o novo conjunto de roupas, decidiu que *ela* definitivamente gostava do visual monocromático.

Assim como da camisa branca de botão.

E do suéter vinho.

Da calça cinza e da calça azul-marinho de algodão.

Até do cardigã verde-oliva, que em geral teria achado deselegante, mas que parecia realçar as manchas douradas em seus olhos que ela não havia notado antes.

Jacob pareceu sentir o momento exato em que Cain estava prestes a entregar os pontos, porque deu a ele uma pilha de camisetas. Pela maneira como seus ombros pareciam menos curvados de tensão quando saiu do provador, Violet podia dizer que as camisetas eram suas peças preferidas entre todas as que tinha experimentado.

Ela achou graça de Cain conferindo distraído a etiqueta de preço e piscando um pouco rápido demais para o valor. *Qualidade é isso aí, meu amigo.*

Ele virou-se para Violet com um olhar zangado e incrédulo, e Jacob, astuto o suficiente para captar, ergueu o dedo. "Sabe, *acabei* de pensar num casaco que temos lá na frente, talvez vocês gostem. Só um minutinho."

Ela agradeceu com um sorriso distraído enquanto ele se afastava, sabendo que o vendedor estava na verdade dando a *eles* um minuto.

Violet se levantou e foi até Cain com um sorriso tranquilizador. "Você está ótimo."

"É uma camiseta de duzentos dólares. Até um cadáver ficaria ótimo." Ele levou a mão às costas, tentando encontrar a etiqueta da calça.

Violet segurou a mão dele, ciente de que, embora o preço fosse modesto para os padrões de Nova York, todos os itens ali custavam muito mais do que a calça jeans com que ele entrara na loja.

Cain ficou imóvel, lançando a ela um olhar penetrante, antes de baixar deliberadamente o rosto para as mãos unidas.

Ela o soltou depressa e se afastou. Então passou a mão na saia, sob o pretexto de alisá-la, mas na verdade era para parar o estranho formigamento no ponto em que haviam se tocado.

"Não quero ser grosseira", disse, baixinho, para não ser ouvida. "Mas Edith comentou que pediu uns cartões de crédito no seu nome..."

"É. Posso pagar por essa merda, só não sei *por que* faria isso."

"Porque você ficou bem nas roupas", insistiu ela.

"Para os seus padrões. Seus e dos seus amigos riquinhos."

Violet inspirou, reunindo paciência. "O padrão dos meus amigos riquinhos é exatamente o que você precisa alcançar — *superar* — se quiser assumir os negócios da família. E vamos arrancar logo este band-aid: se os preços estão assustando você, melhor tomar um sedativo antes de entrar numa loja de ternos."

"Eu tenho um terno."

Um terno. No singular. Algo dizia a ela que seria preto, do tamanho errado e reservado para funerais.

"Ótimo! Talvez alguém na sua casa possa mandar pra você?", comemorou ela, concordando exclusivamente para privá-lo da oportunidade de começar uma briga.

Cain cerrou os dentes. "Quanto custam os ternos que você tem em mente?"

Ela fez um ruído de objeção. "Vamos por partes, não acha melhor?"

Ele rosnou, mas não insistiu no assunto. "Terminamos aqui?"

"Você só experimentou um punhado de opções dentre...", ela puxou a cortina do provador para ver os itens restantes, "... um milhão."

"Não preciso..."

Jacob voltou com dois casacos de lã da vitrine no braço, e Violet foi até ele imediatamente, para passar a mão na lã de alta qualidade. "*Isso*. Estão ótimos. De perto são ainda mais bonitos."

Violet virou-se para Cain, que tinha conseguido alcançar a etiqueta de preço da calça.

Ela ergueu o sobretudo cinza-escuro. "Perfeito." Ele abriu a boca, e ela enfiou o casaco em seu peito com firmeza para calá-lo. "Veste isto." Antes que Cain pudesse protestar, ela voltou-se para Jacob. "Aquela camiseta que ele está usando... você tem em outras cores?"

"Claro. Preto, branco, cinza, marrom, roxo-escuro, verde-escuro..."

"Queremos uma de cada cor no tamanho dele. E a calça? Tem mais opções de cores?"

"Só algumas; tem a chumbo, que ele está usando agora, uma cinza mais clara e uma preta."

"Ótimo, todas as três." Ela olhou com certo desdém. "Cain, dos suéteres, você gostou mais da gola em V ou da gola redonda?"

"Tô pouco me fo..."

Ela deu um passo na direção dele e ajustou a gola do casaco, principalmente para interrompê-lo. "Ótimo. Ficou perfeito."

"Isso vem em laranja também?", ele perguntou a Jacob, com sarcasmo. "Ou oito outros tons de cinza?"

"Este está bom", disse Violet, dando um tapinha no peito de Cain um pouco mais firme do que afetuoso. "Agora, dos suéteres, acho que prefiro os de gola em V."

Jacob concordava. "Assim ele pode usar as camisetas por baixo, para dar um toque de cor."

"Um toque de... vocês precisam mesmo de mim?", perguntou Cain, incrédulo.

"Precisamos, faltou ver como a calça de algodão mais casual fica em você."

"O quê?"

Ela foi até o provador e vasculhou a pilha de roupas até encontrar a calça azul-marinho. "Essa. Experimenta com o suéter *off-white*."

"Depois, chega."

Não era uma pergunta, e pelo jeito como ele cerrou a mandíbula, Violet sabia que esse seria o máximo de colaboração que ela conseguiria no primeiro dia de sua "transformação".

"Tudo bem", ela cedeu.

"Ótimo. Depois preciso de uma bebida."

"Não é nem meio-dia."

Ele ignorou o argumento e a encarou com um olhar sombrio. "Você sabe quanto isso vai custar?"

"Hmm..."

Cain deu um número exato, e Violet hesitou. "Você fez essa conta de cabeça?"

"Uma bebida", concluiu ele, levantando o dedo em advertência e ignorando a pergunta. "Você paga."

Então fechou a cortina do provador com um estrondo, e Violet se virou para Jacob. "Vamos parar depois dessa. Mas posso pegar seu cartão? Quero voltar outro dia para olhar uns blazers."

Ela ouviu Cain murmurando palavrões atrás da cortina.

"Outro dia", sussurrou para Jacob.

Ele assentiu, como quem compreendia.

8

"Pode ser *rooibos* com capim-limão?", perguntou Violet, levando o jogo de chá de sua bisavó até a mesa de centro de vidro, na sala de estar.

Ashley Shores voltou-se da vitrola no canto, com um disco de Ella Fitzgerald nas mãos. "Perfeito. Ainda não tomamos esse, né?"

"Estava na promoção na Tea Thyme outro dia", Violet comentou, referindo-se à loja de chá em folhas soltas na esquina de seu prédio. "Estou com uns dez outros sabores pra provar, mas não consegui resistir."

"Que nem eu com a Ella", disse Ashley, com um suspiro feliz, quando a versão cálida e rica de "Misty" de Ella encheu o ambiente.

Tirando os tênis brancos imaculados, Ashley acomodou-se em seu lugar de sempre no canto do sofá. Coco estava brincando com sua garrafa de champanhe de borracha no carpete, mas juntou-se à tia Ashley no sofá e preparou-se para a já conhecida rotina de domingo à tarde. Violet se sentou em *sua* cadeira cativa e começou o procedimento de sempre, servindo o chá e um pouco de leite com uma colher de açúcar para si, e meia colher de açúcar, sem leite, para a amiga.

Ashley era uma das amigas de infância mais próximas de Violet, sua cúmplice em festas do pijama, a que tentara corajosamente fazer com que o cabelo liso de Violet ganhasse "cachos poderosos" antes de uma competição do clube de debates, a pessoa para quem ela ligara quando Brendan Glaxter partiu seu coração no sexto ano e a que trouxera um pacote de bala quando Matt Casey trocou Violet por Rosemary Nowak no primeiro ano de faculdade.

Elas se afastaram um pouco durante a faculdade; Violet ficou na Costa Leste, na Brown, enquanto Ashley foi para o Instituto de Tecnologia da Califórnia. Mas as duas voltaram para Nova York depois da formatura e retomaram a amizade, embora tivessem trocado a noite do pijama das sextas-feiras pelo chá da tarde de domingo.

Era um dos pontos altos da semana de Violet. Depois de levar Edith à igreja, e depois que a popular Ashley voltava de um dos muitos brunches a que era convidada, as duas amigas sempre se encontravam ali, na silenciosa e antiquada sala de estar de Violet, ouvindo música antiga e tomando chá do conjunto de porcelana estampada cor-de-rosa que pertencera à sua *bisavó*.

"Então", começou Ashley, soprando o chá com um biquinho, antes de colocar a xícara e o pires de lado e prender o cabelo louro ondulado na altura dos ombros em um nó na nuca. "O neto pródigo. Me conta *tudo*."

Violet havia mandado uma mensagem para Ashley resumindo um pouco a situação no início da semana, mas ainda não tivera a chance de contar à amiga, nem a mais ninguém, sobre a magnitude do empreendimento que seria Cain Stone.

Ela suspirou e soprou suavemente o próprio chá. "Nem sei por onde começar."

"Eu sei", disse a amiga, muito direta. "Ele é gostoso."

Violet ergueu os olhos. "Como você sabe?"

"Hum, internet? Pesquisei o nome dele no segundo em que você me contou. Não é particularmente ativo nas redes sociais, mas tem uma conta com uma foto." Ela se abanou e depois pareceu preocupada. "Me diz que ele não postou uma foto falsa e, na verdade, é um monstro na vida real."

"Não, ele é atraente", ela admitiu. "De um jeito meio bronco, meio rebelde. Se você gostar disso."

"Querida, *todo mundo* gosta disso", comentou Ashley. "O jeitão bad boy é irresistível. É um fato."

"Não para *mim*", Violet retrucou, embora nos últimos dois dias não estivesse muito certa disso.

"Verdade", concordou a amiga. "Keith está longe de ser rebelde. Aposto que suas roupinhas de bebê eram de caxemira. Não que ele não seja bonito!", ela se apressou em acrescentar.

Violet sorriu diante do entusiasmo exagerado. Ashley nunca diria *abertamente* uma palavra ruim contra Keith, mas nunca disfarçou bem o fato de que não gostava especialmente dele. Os dois eram em geral educados um com o outro, quando forçados a frequentar o mesmo ambiente, mas nunca se deram bem.

Keith era menos sutil em sua antipatia. Costumava usar a palavra *volúvel* quando o nome de Ashley surgia, não importava quantas vezes Violet lembrasse a ele severamente de que, apesar de toda a afetação, Ashley era também uma assistente de pesquisa clínica em genética.

"Então, aqui está o meu problema com essa coisa toda", começou Ashley, pegando sua xícara de chá e dando um gole cuidadoso, para testar a temperatura. "Por mais que entenda o desejo de Edith de manter um legado, essa coisa de *My Fair Lady* não parece meio... complicada?"

"Não acho que ela queira que Cain mude como pessoa", comentou Violet, defendendo Edith instintivamente. Ela pegou um biscoito amanteigado do prato de porcelana e deu uma mordida. "Ela só quer ajustar a embalagem."

"Hmm. E como Cain se sente sobre isso?"

Violet resmungou indelicadamente enquanto colocava o resto do biscoito na boca. "Reagiu do jeito que se esperaria de alguém que acha que roupa formal é jeans sem buracos nos joelhos."

"Ah. Então vai dar trabalho."

"Você não tem ideia." Violet limpou os farelos dos dedos. "Comprar roupas não foi *tão* ruim quanto eu esperava. Mas, na sexta-feira, levei-o ao Frick Collection e tentei ensinar a ele que, no mundo de Edith, apreciar arte é algo quase tão respeitado quanto a própria arte."

"Se não mais", Ashley comentou, com um sorriso.

"Pois é! Você sabe como é. Cain nem tanto. Ele se recusou até a *praticar* aquele murmúrio apreciativo mas evasivo, que todos nós aprendemos a aperfeiçoar quando questionados sobre nossa opinião a respeito de uma escultura que se parece com todas as outras da sala."

Ashley demonstrou o ruído exato, um som grave, quase gutural, de aprovação e entusiasmo, como se a pessoa estivesse muito comovida e contemplativa para sequer falar sobre as nuances da obra de arte.

Violet riu. "Se ao menos *você* fosse a minha aluna."

Dizer que Cain fora um aluno ruim no museu era eufemismo. Talvez ela devesse se dar por satisfeita que ele tenha concordado em encontrá-la, mas o encontro durara trinta minutos antes de ele declarar que tinha coisa melhor para fazer com sua tarde de sexta-feira do que ficar olhando um monte de "velharia".

Ela nem perdera tempo mandando mensagem para ele no sábado. Percebeu que os dois precisavam de uma pausa antes dos "treinos" de segunda-feira.

"Ainda é cedo", Ashley a tranquilizou. "Se alguém pode transformá-lo no robô perfeito de Manhattan, é você."

Violet olhou depressa para o chá para esconder o desconforto com a avaliação.

"Ah, droga", disse a amiga, colocando ruidosamente o pires na mesa, o que assustou Coco. "Não foi o que eu quis dizer. Era um elogio, juro", desculpou-se, sem jeito.

"Eu sei." Violet a tranquilizou com um sorriso. Ashley não pareceu notar que o sorriso era forçado. Ninguém nunca percebia, nem sua melhor amiga, nem Keith, nem mesmo Edith. "Você não está errada. Quer dizer, olhe para a minha casa."

"É linda", comentou Ashley, avaliando a decoração ornamentada. "Você sabe que eu amo este lugar. Parece que a gente volta no tempo."

O que ela *também* pretendia que fosse um elogio, Violet sabia, mas tocava numa ferida recém-exposta. Ela nunca havia pensado muito no estilo de sua casa antes; era simplesmente onde morava desde que os pais tinham morrido. E, mesmo antes disso, passara um bom tempo lá, visitando a avó. O apartamento de três quartos era lindo de um jeito clássico: do tipo que tinha o elevador original e o piso de mármore instalado um século antes; a fachada do edifício fora modernizada só nos itens necessários para a segurança dos moradores.

Como uma homenagem ao prédio e à avó, ela não mudara nada no apartamento, tirando alguns eletrodomésticos novos e a instalação de um ar-condicionado, para suportar os meses sufocantes de verão na cidade. Mas a mobília, o papel de parede, as obras de arte e até os pratos permaneceram os mesmos.

Na maioria das vezes, Violet adorava viver numa homenagem a outra época, a outra geração. Mas, cada vez mais, sentia-se como se morasse num museu, e as pessoas ao seu redor fizessem sons evasivos de aprovação para ela, como se ela fosse esteticamente adorável, mas não tão interessante por si mesma.

O apartamento não tinha mais um ar retrô; era só velho mesmo. Não parecia tão elegante e atemporal, mas... *preso no passado*. E quanto mais ela pensava nisso, mais sabia que sua casa era apenas uma representação de si mesma.

Cansada. Datada. Chata...

Ela tirou aquilo da cabeça, como sempre fazia.

"Já estou meio que arrependida de ter concordado com o plano de Edith", Violet admitiu para a melhor amiga. "Tenho orgulho de ser capaz de fazer qualquer coisa que Edith me pede sem questionar, mas nunca conheci ninguém como ele."

"Como assim?"

"Ele é..." Violet soprou o chá, tentando encontrar palavras para descrever Cain. "Nervoso. Foi a primeira coisa que pensei quando o conheci: ele tem muita raiva dentro de si. De Adam, de Edith, da situação toda."

"Dá pra culpar o sujeito? Ele deve se sentir um pouco roubado, pensando em como sua infância poderia ter sido se o pai biológico não fosse um idiota."

"Verdade. Mas ele está tendo essa oportunidade *agora*", Violet argumentou.

"Com condições muito irritantes", acrescentou Ashley, com gentileza. "Difícil de engolir pra qualquer um."

"Acho que sim", admitiu Violet. "Mas ainda não explica por que o cara mal se dá ao trabalho de fechar a calça."

Ashley quase cuspiu chá. "Desculpa, o quê?"

"É uma longa história", respondeu Violet, dispersando o assunto com a mão.

"E que eu gostaria de ouvir nos mínimos detalhes", disse a amiga, com um sorriso atrevido.

Depois que Violet descreveu sua primeira manhã na casa de Cain, bem como a hóspede que passara a noite com ele, ergueu as mãos com uma frustração impotente. "Está vendo? O homem não tem ideia de como se comportar, não tem ideia de como se adaptar, e nem acho que queira."

"Hmm." Ashley apertou os lábios e adotou aquela expressão distante que Violet reconhecia como seu rosto analítico de pesquisadora. "Talvez isso seja parte do problema", observou, depois de um bom tempo.

"O problema é que ele mergulha em certos silêncios taciturnos e foi ao Frick na sexta-feira com uma jaqueta de couro desbotada, em vez do casaco de lã que falei especificamente para vestir."

"Bem, sim, tem isso", concordou Ashley. "Mas, sejamos justas, *você* gosta de ir ao Frick?"

"Não muito", admitiu Violet, depois de um tempo.

"E ir às compras? Porque, pelo que me lembro, nós duas ficamos muito mais animadas hoje em dia com frete e devolução grátis do que olhando vitrine. E...", continuou Ashley, "você pode fazer isso maquiada, com as suas pérolas, mas...", ela apontou para a metade inferior da amiga, "... de legging."

Violet estreitou os olhos com bom humor. "Será que quero saber aonde você quer chegar com isso?"

"Como é aquela frase que a sua avó adorava? Alguma coisa sobre mel e inseto?"

"Pegam-se mais moscas com mel do que com vinagre", Violet respondeu, sem hesitar. A avó *amava* esse ditado.

"Exatamente. É isso", Ashley concluiu com um aceno confiante, como se estivesse tudo claro agora.

"Não entendi. Você acha que estou servindo vinagre?", perguntou, tentando não se ofender.

"Não exatamente. Quer dizer, na *superfície*, seu plano faz sentido. O cara vai ter que aprender a usar gravata e a tolerar museus, você tem razão. Mas, qual é, Vi. Nova York não se resume a isso, nós não somos só isso. Não é por isso que amamos esta cidade, não é por isso que moramos aqui. Concorda comigo?"

"Acho que sim", disse Violet, lentamente. "Mas não vejo aonde você quer chegar com isso."

"Só acho que talvez ele achasse as compras, as gravatas e os museus do seu futuro um pouco mais palatáveis se você amortecesse as coisas chatas com partes de Nova York de que ele realmente pudesse *gostar*."

"Até agora, as únicas coisas de que ele confessou gostar foram *bagels* e sexo."

"Bem, e quem não gosta?" Ashley sorriu.

"Concordo com a ideia de pegar a mosca, mas *não vou* dar a Cain Stone esse tipo de mel", disse Violet, embora a ideia de Cain e sexo na mesma frase a tenha deixado um pouco quente e irritável.

O sorriso de resposta de Ashley foi absolutamente travesso. "Não era *isso* que eu estava sugerindo, mas interessante que você tenha cogitado."

9

"Pra onde a gente vai agora?", perguntou Cain, na dúvida, seguindo Violet pela entrada de pedra. "Juro por Deus, mulher, se estiver me arrastando para outro museu silencioso..."

"Nada de museu hoje", disse ela, animada, tirando Coco da bolsa, prendendo-a na coleira e colocando-a no caminho de terra. "Bem-vindo ao Central Park, sr. Stone."

Cain estreitou os olhos para ela, com desconfiança, depois observou os arredores.

"Hmm", disse ele, olhando em volta para o famoso oásis urbano, enquanto eles avançavam pelo parque. Coco disparou para a esquerda, latindo furiosamente ao notar um movimento nos arbustos.

Cain pareceu estar se divertindo. "Hum, duquesa, odeio ter que te dar a notícia, mas Totó está perseguindo um rato maior do que ela."

"Você está *adorando* me dar a notícia", observou Violet. "Mas, sim, ela faz isso. Você vai acabar se acostumando."

Ele a fitou, surpreso. "*Você* se acostumou?"

"Claro. Quer dizer, não é como se eu tolerasse ratos correndo pela minha casa ou num restaurante. Mas aqui?" Ela deu de ombros. "É a casa deles também. Essa é a beleza do Central Park."

"Você que tá dizendo."

"Não tem rato em New Orleans?"

"Tem", disse ele, entediado. "E barata. Só não fico romantizando isso."

"Não se preocupe, a gente tem barata também", ela comentou. "Você vai se sentir em casa."

"Não aposte nisso."

Violet não respondeu. Estava aprendendo que, quando Cain queria ser ranzinza, ou seja, quase sempre, era melhor deixá-lo em paz.

Eles caminharam em silêncio por um tempo, sem seguir em nenhuma direção em particular, o que era meio que a graça do Central Park; nenhum dos caminhos seguia em linha reta.

"O que as pessoas fazem aqui?", perguntou Cain, embora parecesse mais curioso do que debochado. Ele parecia um pouco mais relaxado ali do que nas calçadas movimentadas, e Violet suspeitou que não fosse coisa da cabeça dela.

"Isso aí que você está vendo", disse ela, gesticulando ao redor. "As pessoas correm; passeiam com carrinhos de bebê; caminham com o cachorro; andam de skate; sentam nos bancos; leem. É mais movimentado no verão, principalmente nos fins de semana. Tem música ao vivo, peças de Shakespeare, piquenique."

Ela olhou um pouco para cima para ver os pássaros nos galhos das árvores nuas e o céu branco, fiel à previsão de neve no final da tarde.

"Fica lindo na primavera e no verão. Verde, exuberante, quente. Mas, pra mim, esta é a melhor época do ano. Não tem nada igual ao Central Park no inverno."

Cain olhou para ela e, embora não tenha dito nada, parecia convidá-la a continuar.

Violet inalou o ar frio profundamente. "Não fica tão cheio, os lagos congelam e é tudo *tão* calmo. Como se você tivesse entrado num momento de silêncio e paz no tempo. Fica melhor ainda quando neva. Nas ruas, fica tudo enlameado e sujo muito rápido, mas, aqui, o inverno de cartão-postal dura um pouco mais."

Ele soltou um ruído de quem estava pouco impressionado.

"Você não gosta de neve?", ela perguntou.

"Quase nunca vi", ele respondeu. "Somos mais uma cidade de furacões, o que raramente é bom para nós."

"Ah. Certo. Bom, pode ser que você veja hoje. Só um pouquinho. Uma boa introdução à neve."

Eles pararam para Coco fazer suas necessidades, e assim que Violet tinha eliminado as evidências, Cain parou bem na frente dela.

"Abre o jogo, duquesa. O que a gente tá fazendo aqui? Por que você tá pegando leve comigo? Aula de caminhada? Aula de dialeto? Algum leilão idiota?"

"Nada disso", ela respondeu, com sinceridade. "Achei que você fosse gostar de passar um dia sem planos na cidade."

Ele estreitou os olhos e, aparentemente satisfeito com o que viu na expressão dela, girou um pouco os ombros, como se tentasse relaxar. "Estou com fome."

Ela riu. "Achei que você tinha acabado de almoçar quando a gente se encontrou."

"Eu tinha."

"Tudo bem", disse ela, fazendo um biquinho, enquanto considerava as opções. "Não tem muitos restaurantes no parque. E a maioria fecha no inverno, mas a gente podia tentar..."

"Que tal aquilo?", interrompeu Cain, apontando.

Ela se virou e viu uma das muitas barracas de comida que havia ali, vendendo cachorro-quente, refrigerante e não muito mais que isso.

"Claro", respondeu, meio na dúvida, embora não precisasse, uma vez que ele já estava indo na direção da barraca.

Violet o seguiu e o ouviu pedindo um cachorro-quente e instruindo o vendedor a não economizar na mostarda. Cain olhou para ela. "Quer alguma coisa?"

Ela fez que não. Cain olhou para os seus pés. "Coco? Quer uma salsicha?"

"Não", respondeu Violet, com uma risada firme. "Não, a menos que você limpe a lambança que virá depois."

Ele deu um sorriso torto enquanto pegava uma lata de Coca-Cola no balde de gelo. "Uma dessas também."

O vendedor assentiu, meio entediado, e estendeu a mão para a nota de vinte que Cain lhe ofereceu.

"Na verdade", disse Violet, antes mesmo de perceber que queria falar. "Quero um pretzel. Por favor. Depois te pago", acrescentou para Cain.

"Não esquenta", disse ele, pegando o cachorro-quente e o enorme pretzel macio parcialmente embrulhado num papel, que entregou a Violet.

Ela o segurou quase com relutância, sem ter certeza do que havia motivado o pedido espontâneo. Não comia um pretzel desde... não conseguia nem lembrar.

Eles se afastaram do carrinho, e Cain apontou com a cabeça para um lugar com uma multidão e música tocando. "O que é aquilo?"

"Rinque de patinação no gelo. Interessado?"

"Em ver? Com certeza."

Pouco depois, eles se debruçaram na grade e ficaram observando os patinadores, alguns circulando com habilidade, outros se agarrando desajeitados na borda. O nível de habilidade parecia não ter relação com o nível de felicidade dos patinadores; todo mundo estava sorrindo.

Cain comeu metade do cachorro-quente em uma só mordida, mastigando-o lenta e metodicamente, enquanto observava a cena. "Quer um pedaço?", perguntou, estendendo para ela, que fez que não, embora a pobre Coco tenha abanado o rabo, esperançosa.

Violet partiu o *pretzel* e deu uma mordida, estudando o pedaço não comido enquanto mastigava. Não era dos melhores. A massa estava um pouco dura. E o sal tinha sido distribuído de forma irregular. A parte em que as pontas se cruzavam, sobre as alças centrais, estava torrada demais.

Mas o gosto era incrível.

"Está bom?", perguntou Cain, e ela percebeu que ele desviara a atenção dos patinadores para ela.

"*Uma delícia*", ela respondeu, comendo com mais entusiasmo.

Ele terminou o cachorro-quente com outra mordida e, depois de jogar a embalagem no lixo, tirou um pedaço do pretzel dela, sem pedir licença, e o comeu também. Ela chegou a considerar apontar a grosseria, mas só num cantinho do cérebro, porque não lhe *pareceu* rude. Pareceu estranhamente amigável e, quando ele se abaixou para dar um pedacinho do pretzel a Coco, algo estranho vibrou em seu peito.

Ela deu mais algumas mordidas, mais porque parecia certo naquele momento do que porque estivesse com fome de fato, então entregou o restante a ele, que devorou rapidamente.

Num acordo silencioso, eles voltaram a andar, vagando pelos caminhos de terra, ziguezagueando pelo parque, aproximando-se mais da parte alta da cidade e então retornando.

"Dá pra ver por que você gosta daqui."

Ela escondeu cuidadosamente o sorriso de triunfo por sua missão ter sido bem-sucedida: encontrar um cantinho da cidade que ele não detestasse.

"Você caminha aqui todo dia?", ele perguntou.

"Não. E em geral não venho tão longe. Mas tento vir algumas vezes por semana. Coco adora, e é um bom alívio das buzinas e do barulho do metrô."

"Aposto que Totó ficaria mais feliz se não tivesse que usar aquele suéter feio", comentou ele, sacudindo a cabeça para a cachorrinha, que corria de um lado para outro na frente deles, inspecionando cada folha, cada monte de terra.

"Ela gosta do suéter dela!"

"Não, duquesa. Ela não gosta." Ele respirou fundo. "Você e Totó sempre vêm ao parque sozinhas?"

Houve uma ligeira ênfase na última palavra.

"Quase sempre. Às vezes, consigo convencer Edith a tomar um pouco de ar fresco."

"Nenhum passeio romântico com um engomadinho de terno?"

Ela olhou feio para ele.

"Ah", concluiu ele, com uma risada. "Então *tem* um engomadinho de terno."

"Keith não é engomadinho."

"Ainda assim, você pensou em *Keith* quando falei as palavras *engomadinho de terno*. Qual é a história? Não tô vendo nenhuma aliança."

"Estou de luva", ela observou.

"No dia que nos conhecemos não estava, e não vi aliança nenhuma."

"Você estava procurando?", ela perguntou.

Ele ergueu a sobrancelha. "Você se importa?"

Ela fungou um pouco e se concentrou em Coco, correndo com seu suéter listrado de vermelho e branco, de que ela gostava, sim. "Não estamos noivos", disse. "Só... meio que namorando."

"'Meio que namorando'", repetiu Cain, irônico. "Ou seja, ele te come quando bem entende, mas não quer se comprometer?"

"Por que você tem que ser sempre assim?", ela retrucou. "Grosseiro e rude e... *horrível*."

"Porque é o jeito mais rápido de tirar essa sua máscara", respondeu, impaciente. "Porque é mais fácil te entender quando você tá com *essa* cara."

Ele acenou com a cabeça, como se para indicar a expressão dela naquele momento.

"E então?", ela perguntou, parando e olhando para ele. "Com que cara estou?"

"Sinceramente?", ele desafiou, dando um passo na direção dela.

Ela assentiu, ainda que com um pouco de cautela.

Cain se aproximou mais. "Com cara de quem nunca teve uma boa fo..."

Sem pensar, a mão de Violet voou até o rosto dele, pousando a ponta dos dedos em sua boca. "Não termine essa frase. Sei que é a sua palavra favorita, mas você não pode dizê-la para mim. Muito menos nesse contexto."

Nenhum dos dois se moveu, a raiva pairava entre eles enquanto se enfrentavam.

Cain entreabriu os lábios, e ela sentiu um sopro de ar quente contra as pontas dos dedos que causou uma resposta imediata dentro de si.

Perigo.

Ela tirou a mão como se estivesse em chamas.

"Então a duquesa tem sangue nas veias, afinal", disse ele, com a voz meio rouca. Era mais uma declaração do que um pedido de desculpas.

Ela hesitou antes de se pronunciar. "Keith e eu estamos juntos há anos. Não vou permitir que o que temos seja menosprezado por alguém que conheço há menos de uma semana."

Coco pareceu sentir a agitação da dona e voltou aos pulinhos até os dois, contornando seus tornozelos ansiosamente, enquanto eles discutiam.

Cain continuou a encarar Violet com um olhar debochado. "Acho que você está com mais raiva de si mesma do que de mim, porque não sabe responder a uma pergunta simples."

"E teve pergunta? Só o que ouvi foi você sendo um idiota."

"Claro que teve." Cain se aproximou e levou o polegar ao seu queixo, levantando seu rosto. "Você é a garota dele? Ou não é?"

Violet deu uma risada ofegante. "A *garota* dele? Em que ano estamos, 1912?"

"Isso não é resposta." Ele a examinou de perto. "Ou, quem sabe, talvez seja."

"Faça as suposições que quiser. Não sou a garota de ninguém. Sou uma mulher", acrescentou ela, odiando quão nervosa ficara com a pergunta.

"Que pena, duquesa", disse ele, dando um passo para trás e parecendo entediado. "Tenho que admitir, quanto mais conheço a sua vida, pior ela parece."

"Você é insuportável", ela murmurou, afastando-se dele para acabar com o impasse. Só que Coco, tão pequenininha, tinha conseguido enrolar a coleira nos tornozelos de Violet, e ela tropeçou de leve.

Cain estendeu as mãos para segurá-la, bem no instante que Coco dava outra volta agitada, enrolando a coleira nos tornozelos dele também, depois correu atrás de um pássaro, mas foi impedida pela coleira, que esticou em torno das pernas deles.

Violet tentou sair, e Cain também, o que só os enrolou ainda mais.

"Pare", ordenou ele, e Violet ficou imóvel, tanto pelo tom firme da voz quanto pelo toque dele nas suas costas. Mesmo através do casaco e do suéter, ela jurou que podia sentir o calor da mão dele lhe provocando o desejo inexplicável de se aproximar.

Com o coração batendo mais forte do que deveria, ela olhou para cima, e ele ficou imóvel quando os olhares se encontraram, parecendo tão confuso quanto ela pela estranha atração entre os dois, que nada tinha a ver com a coleira.

Ele balançou a cabeça de leve e puxou-a para mais perto. Por um momento, Violet pensou que fosse um abraço, que ele pudesse beijá-la ali em pleno Central Park.

Quase com a mesma rapidez, ela percebeu que Cain estava só afrouxando a coleira para sair, tirando um pé de cada vez. Ele a soltou e se ajoelhou, pegou Coco e soltou a guia da coleira.

Violet se abaixou e desembaraçou a coleira vermelha das botas de couro, enquanto Cain colocava Coco de volta na bolsa, com gentileza, mas firmemente.

"Ela quer andar", protestou Violet, mas então franziu a testa, pois Coco deu duas voltas completas dentro da bolsa, como fazia quando se preparava para uma soneca, e se enrolou alegremente numa bolinha.

Cain sorriu, pretensioso.

"Parabéns", ela anunciou, docemente. "Se ao menos você lesse as mulheres tão bem quanto as cadelas."

"Leio você melhor do que imagina, duquesa."

"Odeio esse apelido", ela retrucou.

"Bem, se todo mundo tivesse tudo o que quer, eu não estaria aqui", ele rebateu.

"Aqui agora no parque, ou nesta situação em geral?"

Irritado, ele estalou levemente a língua e desviou o olhar. "Não odeio o parque."

Violet escondeu o sorriso. Em termos de progresso, era quase nada, mas não deixava de ser um avanço.

"Qual a próxima atividade?", perguntou Cain, com cautela. "Uma palestra sobre os males das gravatas-borboleta com nó pronto? Aturar uma peça de teatro?"

"É segunda-feira", comentou Violet.

"E?"

"A Broadway não abre às segundas."

"Espera um segundo, deixa eu anotar isso", zombou ele.

Ela olhou para o céu. "Você se esqueceu de me dizer o que fazer se eu *não* quiser pegar a mosca."

"Do que você tá falando?"

"Só conversando com a minha avó sobre mel e vinagre", respondeu ela. "Certo, então você não gosta de teatro. Anotado. Tem alguma coisa de que goste? Além de sexo e ficar de mau humor?"

Ele sorriu brevemente, exibindo os dentes muito brancos, como se pego de surpresa e tendo que disfarçar depressa. "Tenho alguns hobbies."

"Tô morrendo de curiosidade", comentou ela, enquanto voltavam a caminhar.

Cain não disse nada, e ela o examinou de canto de olho, um tanto surpresa ao notar que ele parecia quase envergonhado.

"Ponto-cruz?", insistiu ela.

Ele revirou os olhos. "Eu leio. E gosto de jazz."

Violet voltou-se para ele espantada. "Jazz?"

Ela *amava* jazz.

Cain respondeu com indiferença. "Pode zoar. Não ligo. Ninguém sabe fazer jazz como em New Orleans mesmo."

"Ah, eu não estava zoando", disse Violet, muito séria. "Mas é melhor se preparar."

"Para?"

Ela sorriu. "Para engolir suas palavras."

"Não! Você tem que dobrar."

"*Dobrar?*", perguntou Cain, com a pizza a meio caminho da boca, fitando-a, incrédulo. Ele olhou para o prato de papel e deu de ombros. Então pegou a ponta da fatia da pizza de pepperoni e começou a dobrá-la em direção à borda.

"Não", corrigiu Violet, com uma risada. "No outro sentido."

Ela estendeu a mão e dobrou a fatia dele na vertical. "Pronto. Assim."

Depois fez o mesmo com a sua fatia de pizza de queijo, e juntos deram uma mordida ao mesmo tempo.

Ela fechou os olhos para saborear a massa salgada, derretida e picante. Ainda melhor do que o pretzel.

Quando abriu os olhos de novo, flagrou Cain a observando, embora ele tenha desviado o rosto no instante em que seus olhos se encontraram. Cain deu outra grande mordida.

"Então? Qual o veredicto sobre sua primeira pizza em Nova York?", ela perguntou.

"Boa", admitiu Cain. "Não tanto quanto o jazz, mas satisfaz."

"Eu te disse", gabou-se Violet, presunçosa, pegando um fio de queijo derretido do prato. "As casas de jazz aqui são *maravilhosas*."

"Como prometido", disse ele. Cain olhou para a pizza, muito sério. "Obrigado por ter assistido aos dois sets."

"Tá de brincadeira?", perguntou ela, enquanto os dois começavam a caminhar até o centro, com a pizza ainda na mão. "Amei. É tão difícil arrumar alguém para ir a um show comigo, e ninguém nunca quer ver dois sets."

Ele lançou um olhar de surpresa. "Você gosta mesmo de jazz."

"Achou que eu tava mentindo?"

"Achei."

"Já pensou em medir suas palavras?", perguntou ela, animada, bem-humorada demais para se incomodar que ele tivesse duvidado dela.

"Não."

Depois do Central Park, eles haviam deixado Coco com Alvin, que declarara que a cachorrinha era "a coisa certa" para desviar sua atenção do zumbido nos ouvidos que, segundo ele, era tinido ou tumor cerebral, e ele estava quase convencido do último.

Como tinham tempo antes do primeiro set de jazz da noite, Violet arrastou Cain pelos principais pontos turísticos de Midtown: a biblioteca; a estação Grand Central; o Bryant Park.

Ele não pareceu exatamente emocionado com a experiência, mas também não reclamou — muito.

Ela conseguiu até arrancar alguns detalhes de sua vida durante o jantar, enquanto comiam macarrão. Agora sabia que ele crescera numa cidadezinha no *bayou*, a região pantaneira da Luisiana, mas atualmente morava num apartamento pequeno no French Quarter, em New Orleans, tinha uma moto e odiava couve-flor.

A conversa fora basicamente unilateral e cansativa, mas valeu a pena quando eles finalmente chegaram à casa de jazz. O prazer no rosto de Cain ao ouvir os primeiros dedilhados do contrabaixo provocou nela uma comichão engraçada na barriga.

"Edith também gosta de jazz?", ele perguntou, e ela pensou ter ouvido uma nota de esperança em sua voz, como se ele estivesse considerando ter, talvez, algo em comum com a avó.

Odiava ter que desapontá-lo, mas não iria mentir. "Na verdade, não. Ela não liga, não é uma coisa que procuraria por conta própria."

"Então quem te ensinou a gostar? Desculpa, mas achei que você fosse mais do tipo que gosta de ouvir o que toca no rádio."

"Gosto de todos os tipos de música", disse ela. "Mas jazz é um amor de família. Na verdade, meu avô chegou a tocar em algumas casas noturnas da região. Saxofone."

"Não brinca."

Ela deu uma mordida na pizza e assentiu. "Ele morreu quando eu era pequena. Estava no jardim de infância. Mas deixou para o meu pai o amor ao jazz, além de um monte de álbuns excelentes. Quando ele morreu..." Violet resignou-se. "Acho que foi um jeito de me conectar com esse lado da família. Minha avó não era *fã* que nem eu, mas sempre gostava quando eu colocava Coltrane ou Mellé..."

Ela ficou em silêncio, mastigando, e por um momento eles caminharam lado a lado sem dizer uma palavra, flocos de neve flutuando ao redor.

"Tem muita morte na sua história, duquesa. Avô. Pais. Avó..."

Ela pegou um pedaço da borda da pizza no prato. "É. Mas muita alegria também. Tenho sorte de várias maneiras."

Cain olhou para a própria pizza por um minuto, depois a colocou no prato sem dar outra mordida.

"E você?", Violet perguntou. "De onde veio a sua obsessão pelo jazz?"

"Não é tão antiga quanto a sua. Depois que minha mãe morreu, eu estava precisando mudar de cenário. Me mudei do meio do nada para New Orleans. Eu morava numa espelunca com dois colegas de quarto que mal conhecia. Um deles tocava sax e uma noite me convidou para ir ao show dele. Eu fui, e simplesmente..."

"Se apaixonou?", ela terminou por ele.

Ele sorriu um pouco. "Não romantiza, duquesa."

"Por que não? Jazz é romântico."

Ele balançou a cabeça e deu uma mordida na pizza. "Certo. Tá bom. Me apaixonei."

"Você já se apaixonou de verdade? Por uma mulher, quero dizer?" Violet não pretendia parar de andar, mas por algum motivo eles pararam, um de frente para o outro, na calçada tranquila do Harlem.

"Não", ele disse, sem hesitar.

"Ah. Entendi. Durão demais para fazer uma bobeira como se apaixonar?", provocou ela.

Ele não sorriu de volta. "Não é bem assim."

"Então como é?" Ela ficou surpresa com o quanto queria saber o que ele estava pensando. E inquieta diante do quanto *gostou* de saber que ele nunca tinha se apaixonado.

Ele fixou o olhar num ponto logo acima do ombro dela, enquanto o vento puxava um pouco de seu cabelo para fora do rabo de cavalo e os flocos de neve grudavam-se em sua barba por um instante antes de derreter.

"Como regra geral, tento não fazer nada idiota."

"Se apaixonar não é idiota."

Ele a encarou. "Você diz por experiência própria?"

Violet engoliu em seco diante da lembrança incômoda de Keith, com o desconforto ainda maior de perceber que não tinha pensado nele a noite toda. Mas então, de repente, parou para analisar que estava com outro homem na rua à uma da manhã. Eles não estavam sozinhos — não existe isso em Nova York. Sempre há carros, pessoas, sirenes.

Mas a neve que cobria as ruas e a calçada criava uma espécie de mundo de conto de fadas que a fez se sentir sozinha.

Sozinha, não. Com Cain.

"E então?", ele insistiu.

Ela soltou uma risada nervosa. "Para alguém que acha que se apaixonar é uma coisa brutal, você certamente está curioso sobre os detalhes."

"E você certamente está fugindo da pergunta."

"Tá bom, eu amo Keith, e não, não acho que se apaixonar seja idiota", disse, um pouco obstinada. "Feliz agora?"

Ele estreitou os olhos e se aproximou, estendendo a mão na direção do rosto dela.

Violet prendeu a respiração, então soltou quando ele passou um guardanapo em seu queixo e o mostrou para ela, que tentou corajosamente não fazer uma careta de vergonha ao ver o fio gorduroso que estivera pendurado em seu queixo.

Eles começaram a andar novamente, os passos abafados pela neve.

"Não", disse Cain, friamente.

Ela o olhou confusa. "Não o quê?"

"Não à sua pergunta." Ele não a olhou de volta, e seu tom manteve-se forçosamente entediado. "Não. Não diria que estou feliz agora."

10

Talheres arranhavam de leve pratos delicados de porcelana.

Em geral, essa era a trilha sonora de um jantar social que dera terrivelmente errado, quando a conversa, pior do que entediante, era inexistente.

Naquele jantar, no entanto, o silêncio representava um grande avanço em relação à conversa que o havia precedido.

"Jantar social", talvez, não fosse o termo certo para aquilo. "Social" implica pessoas que gostam umas das outras se divertindo, ou pelo menos fingindo se divertir. Aquilo era um pesadelo servido em cinco pratos, estrelando Cain e Keith, numa espécie de confronto masculino, com Edith e Violet como espectadoras irritadas.

"Então, Cain." Keith, sentado ao lado da namorada, enfim quebrou o silêncio. "Você disse que trabalha com distribuição?"

Ah, lá vamos nós.

"É." Cain não desviou os olhos de seu bife *au poivre*, que, para o alívio de Violet, ele comia com o garfo correto, ainda que não o estivesse segurando exatamente no estilo continental que as pessoas do seu círculo em geral preferiam.

"Na verdade, ele é um dos proprietários", acrescentou Violet.

Todos, incluindo Cain, olharam para ela, espantados.

Ela, indiferente, recusou-se a ficar com vergonha e deu uma mordida na batata. "Eu procurei na internet."

Cain a encarou por mais um momento, avaliando-a, então voltou-se para o prato, parecendo mais aborrecido do que lisonjeado.

"Vi, Cain comentou com você que foi ao escritório hoje?", perguntou Keith, por sobre a taça de vinho, aparentemente decidido a deixar de lado qualquer evidência de que Cain Stone pudesse ter sucesso na Luisiana.

"Não comentou", ela respondeu, limpando os lábios. Edith havia mandado uma mensagem para Violet na véspera, para avisá-la de que ela teria uma "folga de Cain". A expressão incomodara Violet. Ele não precisava de babá, e um homem feito não deveria ser responsabilidade de ninguém.

No entanto, apesar de se irritar com a escolha de palavras de Edith, também ficara aliviada. Ela revivera a noite de segunda-feira, com a sessão de jazz tarde da noite e a pizza espontânea na calçada, mais do que deveria. E não importava quantas vezes dissesse a si mesma que eles eram apenas dois estranhos com um objetivo comum, o frio que sentia na barriga toda vez que repassava o dia em sua cabeça fazia todo o episódio parecer muito mais com um encontro.

E um encontro do qual tinha gostado demais, considerando que ela e Keith tinham uma espécie de compromisso. A culpa a estava corroendo ainda mais esta noite, com o braço de Keith pesando no encosto de sua cadeira. O gesto casual e possessivo não lhe era comum, mas ela quis acreditar que a ligeira demonstração de ciúme em sua linguagem corporal talvez fosse uma coisa boa. Talvez isso acendesse a velha centelha que ela sentira no início do namoro.

Ela dissera a Cain que amava Keith. Talvez se eles *agissem* de acordo, a coisa parecesse mais... verdadeira.

"E o que você achou do escritório?", Keith perguntou a Cain, impaciente. "Provavelmente um pouco assustador."

Violet fechou os olhos, frustrada, desejando que Keith fizesse um pouco de esforço para ser mais simpático.

Cain tomou um gole de água. "*Assustador* não é exatamente a palavra. Cresci com crocodilos no quintal. Sapato social é muito mais tranquilo, em comparação."

Ignorando o comentário, Keith virou-se para Violet, roçando as costas dos dedos em sua nuca enquanto se dirigia a ela. "O escritório de Cain é um dos maiores, tirando o da Edith e o meu. Bem no canto, com uma vista e tanto."

"Keith", disse Edith, calmamente, sem tirar os olhos do prato, falando pela primeira vez em vários minutos. "Por favor, sei que quer colocar sua *coisa* na mesa, mas na minha não."

Violet levou um guardanapo aos lábios para esconder o sorriso e ouviu Alvin soltar uma risada em voz baixa na cozinha. Até Cain lançou um meio-sorriso de admiração para a avó.

"Só estou dizendo", continuou Keith, petulante, "que a ascensão repentina de Cain provavelmente irrita alguns dos veteranos. Eles são leais à empresa há anos, e ele chega sem nenhuma experiência em negócios..."

"Nenhuma experiência de trabalho em *escritório*", corrigiu Edith. "Como Violet apontou, ele tem muita experiência com negócios."

"Que seja. As pessoas provavelmente estão chateadas", continuou Keith, tão mal-humorado que Violet chegou a ficar um pouco constrangida.

"Até agora, você é o único que parece contrariado", observou a anfitriã, afastando o prato. "Está todo mundo concentrado demais no trabalho para se preocupar com qual sala vai pertencer a Cain."

Violet se preparou para a réplica de Keith, mas pelo visto seu namorado enfim decidiu sentir o clima à sua volta. Olhando ao redor, ele constatou a indiferença de Cain, a frieza da objeção de Edith e o apelo silencioso de Violet para que *calasse logo a boca*.

Então endireitou o corpo, retirou a mão da cadeira de Violet e pareceu voltar ao seu jeito encantador de sempre.

"Perdoem-me", disse ao grupo. "Meus vizinhos de cima deram uma baita festa de aniversário ontem à noite. Não dormi tão bem quanto de costume e sempre fico mal quando isso acontece. Violet sabe", comentou ele, dando-lhe uma piscadela. Pelo menos foi o que ela achou ter visto. Keith nunca havia piscado para ela antes, e o gesto não lhe parecia exatamente natural, talvez fosse só um cisco no olho.

Ela se sentiu corar com a insinuação nada sutil, embora não tivesse certeza se o rubor era por sua vida íntima estar sendo discutida na mesa de jantar ou porque parecia uma mentira.

Ou porque sentiu o olhar de Cain, e o simples contato visual provocou mais arrepios do que a mão de Keith em sua nuca momentos antes.

Keith voltou-se para Cain. "Ouvi dizer que você tem uma videoconferência com a equipe de Tóquio na semana que vem. Adoraria participar. Estou trabalhando na expansão desse mercado e não gostaria de ver nenhum retrocesso por causa de uma possível mudança de liderança."

A única resposta de Cain foi empurrar a cadeira para trás, levantar-se e sair da sala sem uma palavra.

Após um silêncio atordoante, Keith deu uma risada. "Bem, Violet. Acho que vocês ainda não chegaram nas aulas de boas maneiras, né?"

"Nem você, aparentemente", retrucou Violet, friamente. Ela enxugou a boca e virou-se para Edith. "Com licença, por favor."

Então se levantou e seguiu Cain, antes de pensar no que Edith e Keith achariam daquilo. Antes de pensar em *por que* estava fazendo aquilo.

"Pelo amor de Deus, Keith", disse Edith, áspera. "Não estou te pedindo para ser o melhor amigo dele, só para tratá-lo com respeito..."

Violet deixou a sala de jantar e foi até a porta da frente, esperando alcançar Cain antes que ele saísse da casa de Edith.

Seus passos, no entanto, vacilaram ao som da música e, em vez de se dirigir à porta, ela virou-se para a antessala perto da entrada. Era um cômodo pequeno, menos usado que a sala de estar principal, pois as janelas largas o tornavam muito quente no verão e muito frio no inverno.

Também não tinha tanto lugar para sentar, já que boa parte era ocupada por um piano.

Um piano que Cain Rhodes sabia tocar. Muito bem.

Ela ficou parada no batente da porta, atrás dele, ouvindo. Era uma música que ela não conhecia, animada e ao mesmo tempo jazzística, mas também um pouco melancólica.

Violet esperou que ele terminasse e falou, suavemente: "Conversamos tanto sobre jazz e você nem comentou que tocava."

Ao som de sua voz, as mãos de Cain ficaram imóveis sobre as teclas por um instante, mas logo voltaram a tocar, um pouco mais levemente do que antes. "Olha só quem fala." Ele levantou os olhos por um instante. "Como é que, mais cedo, durante o jantar, quando Keith perguntou de que tipo de música eu gostava, ele retrucou dizendo que não conhecia ninguém que ouvisse jazz?"

Ainda na porta, ela se mexeu. "E daí?"

"Seu homem deveria saber que tipo de música você ouve, duquesa."

Seu homem.

A expressão a incomodou de um jeito que ela não queria analisar naquele momento.

Violet deu um passo para dentro da antessala. "Você fez aula?"

Por um momento, ele não respondeu, apenas continuou tocando. "Minha mãe tocava. Não tínhamos dinheiro para uma cama para mim, presente de aniversário nem roupa nova. Mas ela preferia morrer a vender o piano vertical que herdou da avó."

Violet se aproximou, atraída pela música. E pelo homem. "Foi ela quem te ensinou?"

"Acho que sim. Parece que eu toco desde sempre."

"E onde está o piano hoje?"

"Você faz muitas perguntas, duquesa."

Violet estava bem atrás dele agora, observando seus dedos se moverem sobre as teclas, invejando um pouco sua habilidade. "Sempre quis tocar. Fiz aula um tempo, mas acho que não queria tanto assim, porque odiava praticar. A única música que aprendi foi 'Heart and Soul'. Minha mãe tocava comigo várias vezes, porque eu sempre pedia para repetir."

Cain não disse nada por um bom tempo. Quando respondeu, não foi com palavras. Ele deslizou ligeiramente para a esquerda no banco, abrindo espaço para ela, que se sentou ao lado dele, de costas para o piano, enquanto ele passava a tocar algo mais animado. Mas a música também não se parecia com nada que ela tivesse ouvido antes em casas de jazz. Era mais soturna de alguma forma. Sensual.

"Desculpe pelo jantar", disse ela, calmamente, apontando a sala de jantar com a cabeça.

Ele não parou de tocar. Nem respondeu.

"Keith às vezes é..." Ela suspirou. "É difícil para ele. Keith se dedicou muito à empresa e está com dificuldade de aceitar um estranho chegar e assumir uma posição que ele achava que deveria ser dele."

Cain ergueu os olhos por um breve momento. "Não é do emprego que ele deveria estar com ciúme."

Violet não respondeu. Não saberia como. Mas também não desviou o olhar. Um erro. Com os dedos ainda se movendo sobre as teclas, ele inclinou de leve o rosto na direção do dela. E ficou evidente demais para ela que bancos de piano são feitos só para um e que eles estavam lado a lado, os rostos a poucos centímetros um do outro.

Ela havia passado a semana inteira tentando pensar num jeito de convencê-lo a raspar a barba. De perto, percebeu que não queria que ele o fizesse. Não até que ela soubesse como seria tocá-la.

Ele sustentou o olhar por só mais um segundo antes de se voltar para o piano.

"Você ainda toca 'Heart and Soul'?"

Violet disse a si mesma que tinha ficado aliviada com a mudança de assunto. "Não. Não mais. Tenho certeza de que ainda lembraria. Até tenho um piano desafinado em casa, mas..."

Não tenho ninguém com quem tocar.

Ele deve ter ouvido o não dito, porque mudou facilmente do jazz para algo muito mais familiar. Violet sorriu ao reconhecer as notas.

A linha de baixo, base de "Heart and Soul".

Sem dizer uma palavra, Cain seguiu tocando os acordes monótonos sem parar, mas a cutucou de leve com o cotovelo.

Violet hesitou por um instante, incapaz de entender o que estava sentindo. Parecia estranhamente à beira de algo, embora não soubesse o quê.

Cain não a apressou nem a cutucou de novo. Ficou só tocando a sua parte. Sem parar. Esperando.

É só uma música, Violet.

Mas parecia algo mais.

Ela estendeu a mão direita e pousou os dedos nas teclas, esperando o início do compasso.

Quando as duas partes se juntaram numa melodia animada e familiar, ela sorriu. Havia algo tão alegre e puro na melodia simples e um pouco estranha que estava tocando sobre as notas graves e constantes de Cain. Seus dedos estavam um pouco duros, depois de anos sem prática, mas ainda sabiam o que fazer. Ela foi atingida por uma enxurrada de memórias de infância, doces e comoventes.

Violet tocou as últimas notas, lamentando que aquilo estivesse acabando tão depressa, porém, mais uma vez, Cain pareceu sentir o que ela não disse. Ele continuou sua parte, sorrindo e sem vacilar, e Violet começou de novo do início. Tocou com confiança dessa vez, os dedos um pouco mais soltos, o sorriso um pouco mais largo.

Um pigarro vindo da porta fez com que seus dedos errassem uma nota, interrompendo a bela melodia num som abrupto e dissonante. Cain tocou mais algumas notas antes de parar também, embora com mais elegância, em seus próprios termos.

Violet girou no banco, envergonhada de ver que eles tinham plateia. Alvin estava encantado. Edith tinha uma expressão satisfeita e os olhos um pouco vidrados.

A jovem voltou a atenção para Keith, que parecia sério e irritado. Ele estendeu a mão para Violet. "Vi. Vamos. Tá na hora do cheesecake. Sua sobremesa preferida."

Não era.

E ele tampouco chegou a olhar para ela ao falar, concentrando toda a atenção em Cain, com uma pitada adicional de dúvida no olhar.

Alheio ou indiferente ao escrutínio de Keith e à tensão na antessala, Cain se levantou abruptamente. "Obrigado pelo jantar, Edith."

"Já vai?", perguntou a avó, surpresa, com a expressão cabisbaixa que fez Violet sentir o peito apertado. "Você ouviu Keith, temos cheesecake."

"Guarda um pedaço para mim." A voz de Cain soou mais amável do que Violet esperava, e ainda assim ele não escondeu a intenção de sair dali.

"Onde é o incêndio?", perguntou Keith, dando um passo para o lado, quando Cain fez menção de sair da antessala.

"Não tem incêndio, não", respondeu Cain, num tom entediado. "É só um encontro."

"Um encontro! Isso é maravilhoso", comemorou Edith, claramente satisfeita com a perspectiva de que Cain pudesse estar criando raízes por tempo suficiente para entrar no mercado romântico nova-iorquino. "Alguém que eu conheça? Violet, foi você que arranjou isso?"

Não. Definitivamente não.

Mas antes que ela pudesse identificar a causa do nó repentino em sua garganta, Cain havia partido.

11

Poucos dias depois do jantar, Violet acordou com uma mensagem tipicamente curta de Cain.

Duquesa. Minha casa, 11 da manhã. Totó pode vir.

Por ser mais uma ordem do que um convite, Violet respondeu com a polidez condizente:

Tá.

Ele a surpreendeu respondendo: Cansada dos deveres, já? Eu te disse que você não duraria uma semana.

Já tem duas semanas, ela retrucou. E, se estiver precisando de alguma coisa, melhor pedir pra moça do seu ENCONTRO.

Cain, sabiamente talvez, não respondeu a isso.

Às dez e cinquenta e nove, Violet bateu à porta dele, com a chave reserva em mãos. Poderia até ajudá-lo, mas não ia ficar *esperando* alguém que passou a noite ocupado com outra convidada.

Estava um gelo ali fora, então ela esperou exatamente dez segundos depois de bater e enfiou a chave na fechadura. A menos seis graus, o casaco de nylon não chegava a cortar o vento frio.

Assim que começou a virar a chave, a porta da frente se abriu, e Cain lançou um olhar afiado. "Ainda nessa vida de crime?"

"Ainda com dificuldade de se vestir direito?", ela retrucou e olhou ao redor. "Tem alguma hóspede hoje?"

"Ainda não, mas o dia está apenas começando."

Violet esperou impacientemente que ele desse um passo para o lado, abrindo passagem para ela, mas ele se manteve imóvel, provocando-a.

"Quer que eu entre ou não?", Violet perguntou.

"Não sei." Ele esfregou a nuca. "Você tá com uma cara meio mal-humorada."

"*Eu*, mal-humorada? O *seu* nome deveria estar no dicionário do lado do verbete *taciturno*."

Ele recostou o braço no batente da porta e se inclinou de leve na direção dela. "Achei que as mulheres gostassem de homens taciturnos."

"Devem gostar", ela comentou, um pouco irritada. "A julgar pela sua vida social agitada."

Cain sorriu e se aproximou um pouco mais. "Ah, então é por isso que você tá rabugenta. É assim então? Você pode ter um namorado, mas eu não posso ir a um encontro?"

"Novo plano", começou Violet. "Vamos parar de nos preocupar com os esforços românticos um do outro."

Como ele continuava sorrindo e bloqueando seu caminho, Violet estendeu as mãos para empurrá-lo para o lado.

Suas palmas colidiram com o abdômen firme, os dedos roçando a pele nua, enquanto Cain respirava fundo. Tocá-lo fora um erro. Encará-lo fora outro ainda maior. O sorriso dele se fora, e a expressão irritada costumeira tinha agora um fogo adicional.

Ele tinha razão. As mulheres *gostavam* de homens taciturnos.

Violet puxou as mãos de volta.

"Cadê a Totó?", perguntou Cain, fechando a porta.

"*Coco* tinha um encontro com Alvin. E ela odeia frio." Violet tirou o casaco e estava prestes a pendurá-lo no cabideiro de girafa, quando percebeu que não havia mais cabideiro.

Ela apontou o espaço vazio. "Cadê o cabideiro?"

"Vendi", respondeu ele, passando a mão pelo cabelo despenteado. Naquela manhã, estava solto sobre os ombros.

"Vendeu?", ela repetiu. "Por quê?"

Cain deu de ombros. "Era esquisito. Nunca gostei e resolvi vender."

Entrando um pouco mais na casa, Violet percebeu que o cabideiro não era a única coisa de que ele tinha se livrado. As paredes, antes cobertas de pinturas modernas estranhas, estavam vazias. O aparador em forma de cacho de uvas da entrada também havia sumido.

Ela entrou na cozinha e na sala de estar e parou abruptamente. A sala de estar estava completamente vazia; a cozinha, cheia de caixas de mudança. Ela se voltou para Cain querendo uma explicação.

"Café?", perguntou ele, ignorando a pergunta nos olhos dela e apontando a prensa francesa na bancada. Uma das poucas coisas que não tinham sido empacotadas.

"Cadê seus móveis?", insistiu Violet.

"Em New Orleans."

Ela fez cara feia para ele.

"Você quis dizer os móveis do *Adam*? Vendi."

"Tudo? Do segundo andar também? Onde você vai dormir?"

"Não debaixo deste teto. Não fico aqui nem um minuto a mais do que o necessário."

Violet sentiu uma pontada de arrependimento, mas manteve a voz calma. "Jogando a toalha, é? Vai voltar correndo para New Orleans?"

"O quê?" Ele ergueu a cabeça de repente. "Por que você acha isso?"

"É a conclusão lógica. Você disse que os seus móveis estão em New Orleans, e nunca foi um segredo que você odeia estar aqui."

"O que você quer, confirmação e updates diários da minha transformação em engomadinho idiota?"

"*Que* transformação?", ela perguntou. "Pra mim, você continua tão teimoso e difícil quanto no primeiro dia."

"Quem tá jogando a toalha agora?", perguntou ele, passando uma xícara de café para ela. "Finalmente desistiu de mim? Chegou à conclusão de que sou uma causa perdida?"

Algo no jeito como ele disse isso a fez hesitar. *Finalmente desistiu de mim?* Como se *esperasse* que ela desistisse dele. Como se estivesse acostumado com as pessoas desistindo dele.

De repente, ela quis mais que tudo provar que ele estava errado, mas se esforçou para parecer fria, pois sabia que se Cain suspeitasse que alguém estava com pena dele tudo iria por água abaixo.

"Você não vai se livrar de mim tão fácil", disse Violet, soprando o café quente. "Então, vai me dizer por que me chamou aqui, ou...?"

"Certo." Ele passou a mão no rosto, e ela percebeu como parecia exausto. "Preciso de um lugar."

"Um lugar", ela repetiu.

"Uma casa. Apartamento. Sei lá como vocês chamam nesta cidade maldita. Pra alugar", acrescentou. "Algo de onde eu possa sair quando quiser, se precisar."

Se precisar.

A ressalva pareceu interessante, e Violet estreitou os olhos. "Algo mudou."

"Ah, Deus", ele murmurou, dando um gole no café. "Eu deveria ter imaginado que você ia dar um jeito de fazer parecer estranho."

"Estranho ou não, estou certa", respondeu ela, segura. "Você não está mais indiferente, por mais que tente. Você está *gostando*."

"Tá legal, vai embora", disse ele, ainda que sem convicção, e também sem se mover. "Gostando de *quê*?"

"Do pacote completo. Da cidade. Da avó. Do emprego."

Ele resmungou.

"Fui à igreja com Edith no domingo", continuou Violet. "Ela comentou que você tem aparecido no escritório mais cedo e com mais frequência. Que tem feito mais perguntas. Você quer o trabalho."

"Para de ficar procurando um significado maior por trás disso."

Ela ficou quieta, sentindo que havia mais, e, como esperado, ele girou os ombros com impaciência, mas continuou:

"É só que, para uma empresa que tem a palavra *International* no nome, as operações globais são uma bagunça. Eles estão administrando o negócio com tecnologia de ponta, mas baseados em processos de trinta anos atrás."

"E isso te interessa", ela disse, avaliando o rosto dele. Era uma declaração, não um fato. Dava para ver que ele estava intrigado. Ele não *queria* se importar, mas se importava.

"Sou bom nisso", respondeu ele, num tom cortante que indicava que era tudo o que iria dizer sobre o assunto. "Então, vai me ajudar a encontrar um lugar novo ou não?"

"Claro, tudo bem", disse Violet, depois de um tempo. "Mas por quê? Aqui é de graça."

"Não quero um lugar grátis. Quero um lugar *meu*. Mesmo que não fosse dele, eu odiaria morar aqui. É apertado e escuro. Os vizinhos são esnobes."

"Sou sua vizinha", observou Violet.

"Exatamente."

"Certo", ela disse, estalando os lábios. "Então você quer uma região em que os vizinhos sejam mais parecidos com você. Que tal o zoológico do Bronx?"

Ele se serviu de mais café e completou a xícara dela. "Há quanto tempo você tá guardando a piadinha?"

"Acabei de pensar", respondeu ela, bastante orgulhosa de si mesma.

Cain revirou os olhos, mas estava sorrindo.

"O Meatpacking District não é uma merda", comentou Cain, depois de um tempo.

Citar um bairro específico pelo nome a surpreendeu, não por causa do bairro em si, mas porque ele havia feito o dever de casa. Ela estava mais certa do que nunca de que Cain havia mudado de atitude nas últimas semanas. Ele não parecia mais pronto para pegar um táxi para o aeroporto e entrar no primeiro voo de volta para a Luisiana a qualquer momento.

"Meatpacking District", ponderou ela. "Combina com você."

"Graças a Deus. Estava morrendo de medo de você não aprovar."

Ela arqueou a sobrancelha. "Sarcástico demais para um homem que precisa da minha ajuda para encontrar um corretor."

"Um corretor?"

"Um corretor de imóveis", explicou Violet. "Você definitivamente precisa." Ela pegou o celular. "Conheço uma. Vou marcar alguma coisa para o final de semana que vem, quem sabe..."

"Hoje. Quero achar um lugar hoje."

"E eu quero o cabelo e a pele da Jennifer Aniston", ela retrucou, olhando para o telefone. "Todo mundo tem seus sonhos impossíveis."

"Tô falando sério. Arruma alguma coisa. Pra hoje. Por favor", acrescentou ele, um pouco ríspido.

Ela olhou para ele, surpresa com a polidez inesperada, que soou um pouco como um apelo. "Vou ver o que posso fazer. *Se*", acrescentou ela, "você colocar uma camisa."

"Combinado", concordou ele, surpreendentemente afável ao pousar a caneca na bancada atrás de si. "Alguma instrução específica sobre o que devo vestir ou posso escolher?"

Ela levantou os olhos. "Tá, eu sei que você tá sendo sarcástico, mas se acha que não vou aproveitar a chance de escolher uma roupa para você..."

Ele estremeceu com a proposta, como Violet sabia que faria, e subiu antes que ela pudesse cumprir sua ameaça.

Alguns minutos depois, desceu, com os braços erguidos, amarrando o cabelo no coque de sempre.

Ela inclinou a cabeça para o lado e o examinou. "Já marcou um corte de cabelo?"

"Não."

"Quer que eu marque?"

"Não."

"Tá bom", disse ela, dando de ombros, pois estava aprendendo depressa quando admitir a derrota para Cain. E, estava começando a gostar do cabelo comprido. "Edith sabe que você vai se mudar?"

Ele não respondeu.

"Você deveria ter avisado que ia vender as coisas de Adam", comentou Violet, com gentileza. "Ele era filho dela. Talvez ela quisesse guardar alguma coisa."

Ele pegou a cafeteira e jogou fora o pó velho. "O que te faz pensar que não contei pra ela?"

Porque em geral você é um babaca quando alguém toca no nome de Edith.

"A corretora respondeu?", perguntou ele, apontando o telefone dela com o queixo, antes que Violet pudesse insistir no assunto Edith.

"Respondeu, mas apenas porque Kimberly está me fazendo um favor pessoal, então, se tiver alguma *simpatia* embaixo de toda essa crosta aí, agora seria um bom momento para fazer uso dela."

O canto da boca de Cain se curvou num meio-sorriso. "Crosta, é?"

"Ah, desculpa. Dessa cara taciturna. De qualquer forma, temos um compromisso no Meatpacking daqui a uma hora e meia. Foi o mais cedo que Kimberly conseguiu."

"Ótimo. Já tomou café da manhã?"

"Sim."

"Iogurte?"

"Sim."

"Não conta. Vamos tomar um café da manhã de verdade." Ele caminhou até uma pilha de casacos jogados sobre um monte de caixas, levou a mão até a velha jaqueta de couro e hesitou. Então, pegou o paletó de lã. Mesmo com muito esforço, Violet não conseguiria dizer se ficara satisfeita ou incomodada por ele ter escolhido o estilo mais Manhattan, em vez do casaco de sempre.

"Não piso de novo naquela lanchonete", ela comentou.

"Por que não?" Ele vestiu o casaco. "Você gostou."

"Não gostei."

"Gostou."

Ela coçou o nariz, irritada. Ele tinha razão. "Tá bom. Vamos para a lanchonete."

Para privá-lo da oportunidade de se vangloriar, Violet marchou de propósito até a porta sem olhar para ele.

Cain agarrou sua mão quando ela passou por ele, fazendo-a parar, então a soltou abruptamente, como se o contato o espantasse.

"Ei." Ele limpou a garganta e não chegou a olhá-la diretamente nos olhos. "Obrigado."

"Por?"

"Me ajudar. Não tenho sido exatamente legal com você."

Violet só conseguiu ficar olhando para ele. "É sério isso? *Você não tem sido exatamente legal comigo?* Isso não chega nem perto."

"E ainda assim, você veio", murmurou ele, o olhar escuro caindo para sua boca, demorando-se um pouco mais. "Por mais horrível que eu seja, você continua voltando. Eu me pergunto por quê."

Violet engoliu em seco, fazendo até barulho. "Porque Edith pediu. Claro."

"Claro", ele repetiu, voltando a encará-la.

Ela sabia que ele não acreditava completamente naquilo.

Nem ela própria acreditava muito.

Kimberly exclamou que aquilo era um milagre em Nova York: Cain ia alugar o primeiro apartamento que eles visitaram.

Ele ainda não tinha batido o martelo, mas Violet sabia que ele estava gostando do lugar. Estava na cara, pelo cuidado com que avaliou a sala, como se planejando mentalmente onde colocar a televisão, e pelo fato de que ainda não tinha resmungado.

Ele subiu para ver o quarto, e Violet ficou com Kimberly. Estava um pouco surpresa com o quanto *ela* própria gostara do imóvel. Como moradora antiga do Upper East Side, não conhecia bem o Meatpacking District, um bairro que estava na moda nos últimos tempos. Já tinha ido a alguns jantares de aniversário ao longo dos anos, mas sempre tivera dificuldade em superar as origens da região: *literalmente* local de empacotar carne. Ou seja, de matadouros.

Não era exatamente uma história romântica.

Mas ela precisava admitir que, como a maioria das áreas de Nova York ao longo das décadas, o bairro se reinventara de forma bastante atraente. A área agora era conhecida principalmente pelas boates de luxo, os restaurantes sofisticados e as lojas de estilistas da moda, embora ela soubesse que nada disso atraía Cain.

Havia uma espontaneidade desestruturada na região que era o completo oposto do Upper East Side que Violet e Edith tanto amavam. Em vez de prédios com fachadas ornamentadas, portarias de mármore e parques limpinhos, o Meatpacking District tinha uma estética muito mais industrial moderna, com suas fachadas de tijolo e as ruas irregulares.

O apartamento que estavam visitando era o exato oposto da casa de Adam, embora ficasse na mesma cidade. A metragem era menor, mas *parecia* maior. Em vez de ser longo e estreito, com vários quartos separados, era um espaço aberto enorme, com uma escada de metal em espiral que levava a um segundo andar.

De acordo com Kimberly, até a reforma, feita recentemente, o local era usado como depósito. O piso era de madeira de lei original, com arranhões apenas o suficiente para dar ao local um ar descontraído e convidativo. As paredes de tijolos aparentes tornavam o ambiente acolhedor, o pé-direito alto passava uma sensação de amplitude e os eletrodomésticos novos na cozinha definitivamente não estavam nada mal.

Tinha uma adega embutida nos armários, forno e uma enorme ilha de granito que comportaria facilmente pelo menos quatro bancos de bar.

"Essa bancada não está implorando por uma tábua de queijos maravilhosa e uma taça de Barolo?", Kimberly perguntou a Violet, deslizando a mão pelo granito com um olhar sonhador.

"Sou mais um Pinot Grigio, mas viria fácil a um queijos e vinhos aqui", respondeu Violet.

"Às vezes, acho que tenho o trabalho mais torturante de todos", comentou a ruiva, animada, colocando um cacho atrás da orelha. "Sou cria do Brooklyn da cabeça aos pés, mas quando vejo lugares assim me pergunto que mal faria comprar uns bilhetes de loteria de vez em quando."

Com a referência a dinheiro, Violet mordeu o lábio. Teria sido impossível não ouvir a conversa franca entre Kimberly e Cain sobre o valor do aluguel. Como Violet havia herdado a casa da avó, não acompanhava muito os preços do mercado, mas se a quantia pareceu desconfortavelmente astronômica para ela, imaginava que para Cain seria o mesmo.

"Você me dá licença? Estou morrendo de vontade de ver o andar de cima", disse para Kimberly, que era astuta o suficiente para saber quando não se intrometer.

Violet deixou a bolsa na bancada e, relutante, se dirigiu para as escadas. Admirar o potencial para um queijos e vinhos da futura cozinha de Cain era uma coisa. Ver onde ele colocaria sua cama era outra. E ela temia que isso pudesse mantê-la acordada à noite.

A escada não era exatamente adequada para salto alto, então ela se segurou no corrimão com firmeza enquanto subia.

"Uau", exclamou, surpresa, ao chegar lá em cima. O primeiro andar tinha muitas janelas que davam para outros edifícios da região, criando uma sensação muito urbana. Já o segundo não tinha nada disso, só uma visão desobstruída do rio Hudson.

Cain saiu de um closet e enfiou as mãos nos bolsos da calça jeans ao notar a presença dela. "E aí? O que você acha?"

"Acho que esse aqui pode ser o quarto", disse ela, gesticulando para um dos cômodos e, em seguida, apontando para uma área menor, separada por uma parede baixa: "E aquilo ali daria um ótimo escritório ou área de estar".

"Área de estar? Pra quê?"

"Pra ler." Ela entrou no espaço em questão. "Uma poltrona grande e confortável ali. Uma luminária de chão. Uma mesa pra apoiar a cerveja, o café, sei lá. Uma estante ali", ela apontou para o canto, depois olhou para ele. "Você disse que gostava de ler."

"Gosto", comentou ele, dando-lhe um olhar pensativo. "O que você acha do apartamento em geral?"

"Acho que é você que vai morar aqui, então o que importa mesmo é o que *você* acha."

Ele expirou e olhou ao redor. "Acho que consigo respirar aqui."

"E na casa do Adam você não conseguia? Ou na de Edith?"

Cain fez que não. "Fico sempre com a sensação de que vou quebrar alguma merda. Até as malditas maçanetas parecem frágeis e extravagantes e..."

"Nem um pouco parecidas com *você*", ela concluiu por ele.

Ele se fez de indiferente.

"Eu entendo", ela comentou. Violet foi até o banheiro, mas parou na porta. "Meu Deus..."

"Pois é." Ele apareceu atrás dela. "É quase do tamanho do quarto."

Não chegava a tanto, mas *era* um banheiro grande, principalmente para os padrões da cidade. O piso era de ardósia escura, e ela tinha uma vaga lembrança de Kimberly comentando que era aquecido. Havia duas pias na bancada, uma banheira com pés de cobre impressionante *e* um boxe largo com o mesmo piso de ardósia escura.

Pensou no próprio banheiro, apertado e cheio de frescuras, com uma cortina de chuveiro rosa-clara, uma pia de pedestal de louça em que mal cabia a escova de dentes e o papel de parede antiquado. Pensou em como ela o havia aceitado tal como era, sem questionar, sem se perguntar se combinava com seu jeito ou mesmo se gostava dele.

E, sentindo-se ligeiramente desconfortável, percebeu que não gostava.

Entendia muito bem o que Cain queria dizer com ser capaz de respirar naquele apartamento. Ela também se sentia assim e, por um momento confuso, teve a estranha sensação de que *também* pertencia àquele lugar.

Não apenas àquele banheiro, mas àquela casa, com...

Ele?

Não. *Não*. Era só inveja normal de quem mora numa casa velha, disse a si mesma, enquanto recuava em pânico. O apartamento era brilhante e novo; a casa dela era velha e gasta. Era só por isso que estava sentindo aquela ânsia por pertencer àquele lugar.

Mas, quando colidiu de costas com o peito de Cain, e ele segurou seu quadril para firmá-la, pois ela cambaleara um pouco nos saltos, Violet não conseguiu se convencer completamente de que esse era o único motivo.

"Calma, duquesa", ele murmurou, o hálito quente despenteando o cabelo dela.

Violet fechou os olhos, e com o coração batendo forte, tentou afastar a dolorosa sensação de pertencimento, como se fosse ali que ela devesse estar. Ali, naquele apartamento moderno, longe da pretensão da Park Avenue, longe de Keith e de sua indiferença polida, longe dos fantasmas do passado que ela havia deixado defini-la por tanto tempo.

O toque de Cain mudou ligeiramente, os dedos quentes e firmes em seu quadril, apertando-o de leve, de um jeito que parecia quase um reflexo. Um toque possessivo.

Ela queria se recostar nele, se deixar sustentar pela força dele. Então, um impulso ainda mais forte e perigoso se apoderou dela. Queria se virar. Colocar a mão em seu rosto, sentir a textura da barba, deixá-la despertar sua imaginação numa direção mais erótica.

Violet arregalou os olhos, em pânico. O que estava *fazendo*?

Afastou-se dele depressa, e Cain baixou a mão.

"É um lugar muito bom", ela comentou, com a voz um pouco alta demais. Virou-se para ele, fingindo indiferença, como se nada tivesse acontecido entre os dois.

Cain não parecia tão disposto a fingir que não havia uma quantidade inconveniente de química entre eles. Ele tinha uma expressão quente e estrondosa, os olhos percorriam depressa o corpo dela. Ele os fechou por um breve momento e, quando os abriu, a indiferença cautelosa de sempre retornara.

"É. Muito bom."

"Vai se candidatar?"

"Acho que sim. Não consigo me imaginar gostando mais de nenhum outro lugar, e quanto mais cedo puder sair da casa de Adam, melhor."

Ele começou a se afastar, e Violet lembrou por que tinha subido até ali. Ela estendeu a mão para detê-lo. "Certo, queria te perguntar uma coisa."

"Fala."

Violet hesitou por um instante. "Desculpa me intrometer, mas... você pode pagar o aluguel? Sei que Edith te deu um cartão de crédito para as roupas novas e as despesas, mas..."

"Posso pagar."

"Ah", respondeu ela, um pouco sem jeito, já que ele não tinha elaborado muito. "Ótimo."

Ele esfregou os nós dos dedos no queixo, parecendo frustrado e em dúvida.

"Adam me deixou um dinheiro", disse, afinal. "Uma cacetada de dinheiro. Sem nenhuma relação com o trabalho de CEO, só... Sem nenhuma condição."

Violet olhou para ele, tentando processar a informação. "Espera, então... mesmo sem assumir a empresa, você já é..."

"Rico pra caralho."

Ela estava se acostumando com o linguajar dele e nem sequer vacilou. Provavelmente porque estava ocupada demais tentando esconder a surpresa e a confusão.

"Então, se você já é rico, por que..."

"Aturar essa merda?", ele perguntou. "Porque quero merecer, duquesa. Algo que você não entenderia."

"Certo", afirmou ela, suavemente. "Afinal, tive apenas que perder minha família inteira pra ter meu dinheiro, não é?"

Cain praguejou baixinho. "Não foi o que eu quis dizer."

"Então não deveria ter dito", respondeu ela, passando por ele.

"Duquesa." Ele tocou seu cotovelo.

Ela o afastou, mas se virou para encará-lo. "O quê?"

Violet esperou. Cain contraiu a mandíbula, parecendo dividido entre o arrependimento e a teimosia.

Quando ficou claro que ele não ia dizer nada, Violet balançou a cabeça. "Continue assim, Cain. Continue afastando a única pessoa que está tentando te ajudar, continue ferindo meus sentimentos sempre que puder. Mas fique sabendo que, um dia desses, você vai passar dos limites. E eu não vou voltar."

12

"Entendeu o que quero dizer?", perguntou Alvin, triunfante. "É glaucoma."

Violet examinou de perto os olhos do mordomo e se afastou. "Pra ser sincera, não sei o que estou vendo. Não existe teste para glaucoma? Feito por um médico de verdade?"

Ele fez careta. "Existe. Mas estou começando a ter minhas dúvidas sobre a medicina ocidental."

Ela concordou, compreensiva, embora estivesse traduzindo mentalmente: ele *tinha* feito um teste para glaucoma e dera negativo.

"Bem, vamos ficar de olho. Com trocadilho. Vamos esperar uma semana e, se ainda estiver incomodando, podemos começar a procurar tratamentos alternativos. Tudo bem?"

Ele sorriu. "Você é mesmo um anjo. E vai ficar feliz de saber que meu intestino voltou ao normal." Alvin fez um joinha ao dizer isso, e ela repetiu o gesto para ele.

"Ótima notícia. Edith está na sala de estar?", ela perguntou, já se encaminhando para lá, antes que ele pudesse entrar em detalhes que ela *realmente* não queria ouvir.

Edith estava junto ao aparador, arrumando um grande buquê de rosas brancas e amarelas, quando Violet se aproximou. "Ah, aí está você. Que bom que pôde vir."

"Raramente recuso um convite para um vinho", Violet respondeu, com um sorriso. "Principalmente se vier de você. Faz muito tempo que não nos vemos."

"Verdade", comentou Edith, pesarosa. "A vida tem sido corrida desde que Cain chegou... aliás, hoje ele não vem."

"Que pena", mentiu Violet. Desde a visita ao apartamento que não via aquele homem dos infernos, e a distância fazia muito bem a ela.

"Aceita um vinho branco?", ofereceu a senhora, passando das flores ao elegante suporte de mármore para gelar vinho.

Ela ergueu uma garrafa de Chablis, para pontuar a pergunta, e Violet aceitou.

"Mas, para ser sincera, Violet", continuou Edith, com um suspiro de cansaço, enquanto servia uma pequena taça para cada, "fico feliz de sermos só nós duas hoje."

"Ah, é?", exclamou Violet, com cautela, pegando a taça e se sentando.

Edith fez que sim. "Queria falar com você sozinha. Papo de mulher, como dizem, não?"

"Está tudo bem?", perguntou a jovem, um pouco constrangida com o humor de Edith. "Sei que não tenho aparecido para ajudar tanto quanto de costume, mas com essa história do Cain..."

"Violet." Edith pousou a mão sobre a dela e se sentou ao seu lado. "Calma. Estou só com saudade."

"Ah!" Violet ficou comovida, mas perplexa. "Eu também."

Edith sorriu e deu um gole no vinho. "Então me conte. Como você está?"

Violet soltou um suspiro, perguntando-se quão honesta deveria ser. "Digamos que as últimas semanas têm sido interessantes."

"E como. Você fez um progresso significativo. Cain está diferente, não acha? O guarda-roupa dele melhorou visivelmente. E, mais importante, ele já não rosna para as pessoas no escritório como fez nos primeiros dias."

Talvez esteja guardando todos os rosnados para mim, exclusivamente.

"Também parece estar gostando do apartamento novo. Ele se mudou em tempo recorde", continuou Edith, num tom pensativo. "Passei lá ontem, para dar uma olhada. Não posso dizer que gostaria de morar lá, mas ele parecia mais relaxado."

"E está mesmo. Combina com ele."

Edith a analisava. "Você já foi ao apartamento?"

"Ajudei Cain a encontrar a corretora. Espero que você não se importe."

Edith inclinou a cabeça. "Por que me importaria? Pedi a você para que o ajudasse a se estabelecer na cidade."

"É, mas sei que você provavelmente esperava que fosse na casa do Adam."

Edith deu outro pequeno gole de vinho. "Talvez estivesse torcendo por isso. Mas acho que Cain estava no direito dele. Acho que começar do zero é melhor. Para ele e para mim."

"Como assim?", perguntou Violet, genuinamente curiosa. Amava sua tutora, mas ela podia ser um pouco obstinada. Nem imaginava que ouviria de Edith uma expressão como *começar do zero*.

"Percebi que lá no fundo estava simplesmente tentando encaixar Cain no buraco que Adam deixou, o que é em parte necessário, se quero que ele assuma a empresa, mas, num nível pessoal, acho que preciso dar a Cain a chance de ser ele próprio. Você não concorda?"

Alerta: Cain "como ele realmente é" significa um idiota.

Ainda assim, era um grande passo para Edith e para o relacionamento com o neto. Um passo importante. Então Violet assentiu, encorajando-a.

Edith baixou os olhos para a taça, parecendo fascinada com o líquido, embora não tenha tomado outro gole. "Posso te perguntar uma coisa? Um pouco pessoal?"

"Claro."

Edith levantou o rosto, seus olhos azuis examinando as feições de Violet. "Como estão as coisas com Keith?"

"Com Keith?", Violet repetiu. "Ele está... Nós estamos... bem. Como sempre estivemos. Bem."

Edith pareceu de fato *morder* a língua diante da resposta, mas sorriu. "Fico feliz. É que andei percebendo que você e Cain têm passado muito tempo juntos."

"Porque você pediu", observou a jovem.

"Pedi, é verdade. Mas agora estou na dúvida se estava pensando direito."

"Como assim?"

"Minha ideia inicial quando fiquei sabendo de Cain foi que ele era meu neto biológico, e você, de alguma forma, é minha neta adotiva."

O sorriso que Violet deu a Edith ao ser chamada de neta desapareceu com as palavras que se seguiram.

"Acho que, na minha cabeça, estava pensando em vocês dois como irmãos."

Violet deu um gole bem pouco delicado no vinho. Pensava em Cain Stone de muitas maneiras. Mas sem dúvida não como *irmão*.

"Cain é um homem atraente", Edith insistiu, diante do silêncio de Violet.

"Keith também", retrucou Violet, mais por um impulso de lealdade do que por convicção apaixonada. Keith era bonito, mas não a ponto de mexer com ela toda vez que olhava para ele.

"Claro. Muito atraente", Edith concordou depressa; depressa demais. "E, sabe, sempre achei Keith um excelente parceiro para você."

"É mesmo?" Violet ficou surpresa. Sabia que Edith não *desgostava* de Keith, mas ela também nunca fora de fazer muitos elogios a ele.

Edith assentiu lentamente. "Você já passou por tantas perdas, Violet. E não vai demorar muito a chegar a minha vez."

"Edith..."

"Não, me deixe falar", insistiu ela, erguendo a mão. "Não vou ficar por aqui para sempre, e é importante para mim que você tenha alguém depois que eu partir."

"E você acha que esse alguém é Keith?"

Edith hesitou. "Acho que Keith é estável... Acho que ele ficaria ao seu lado."

Fisicamente, talvez, pensou Violet. Mas e emocionalmente? Como importava, como ela *queria*?

"Por que você está me falando isso?", a jovem perguntou, cautelosa.

"Bem..." Edith suspirou. "A questão, Vi, é que não sei bem se estou no meu direito. Não é fácil para mim dizer, mas..." Sua voz sumiu, e o rosto assumiu uma expressão sonhadora. "Você sabia que quando conheci Bernard ele trabalhava de bombeiro voluntário?"

"Não mesmo", respondeu Violet, surpresa. Bernard Rhodes era um homem grande e imponente — herança que passara para o neto —, mas era também tão polido que chegava a ser antiquado. Ela mal conseguia se lembrar do falecido marido de Edith em outra coisa que não fosse um terno de três peças. Até quando viajavam para a casa de praia em Southampton, ele só usava camisa polo e bermuda perfeitamente passadas.

"Ele tocava numa banda de rock. Bateria. A banda... como era mesmo o nome... Blue Flames... era péssima, absolutamente terrível. Bernard sabia, mas adorava fazer parte daquilo assim mesmo. E ele tinha uma tatuagem pequena." Edith sorriu. "Bem aqui." Ela deu um tapinha na parte de trás do ombro direito.

"Estou chocada", respondeu Violet, com uma risadinha. "Não fazia ideia. É como se eu nem o tivesse conhecido!"

"E sabe de uma coisa? Bernard bateu o pé por um bom tempo por não querer se envolver com os negócios da família. Ele também levou uns cinco anos para me pedir em casamento", Edith completou. "Eu nunca tinha muita certeza se ele o faria."

"Cinco anos", repetiu Violet. "E você esperou?"

Edith apertou a aliança ainda no dedo e sorriu. "Uma das poucas vezes na vida que esperei e tentei ser paciente. Eu o amava. Mesmo que nunca tivesse me pedido em casamento, acho que não teria deixado de amá-lo, mas ele nunca foi... previsível. Não era estável. Não como Jimmy."

"Jimmy? Quem é Jimmy?"

"Um outro amor. Namoramos por uns bons anos antes de eu conhecer Bernard. E por um tempinho ainda depois. Acabei terminando quando percebi que meu coração não batia forte o bastante por ele, mas ele continuou tentando, prometendo coisas que Bernard não oferecia: um casamento, uma família, uma bela casa, uma renda estável. Tudo o que eu queria."

"Então, por que você não disse sim?"

A expressão distante no rosto de Edith se desfez, e ela voltou ao presente, fitando Violet com um olhar firme e penetrante. "Porque percebi que tinha uma coisa que eu queria mais."

13

"Quer repassar os talheres de novo?", perguntou Violet, enfrentando um Cain mal-humorado.

Estavam em seu apartamento novo — no quarto dele, mais exatamente —, nos preparativos para um jantar com Edith e dois dos mais influentes membros do conselho da Rhodes International.

Em teoria, era só um jantar.

Na verdade, era mais uma entrevista do que um evento social, e, a julgar pelo nervosismo de Cain, Violet sabia que ele estava bem ciente disso.

"E então?", perguntou ela, diante do silêncio obstinado dele.

"A faquinha é para manteiga, o guardanapo de pano não é pra limpar o sovaco, o prato de pão fica à esquerda", ele disse, pegando a camisa que ela lhe entregava. "Mas esqueci... posso zurrar à mesa ou não?"

Violet suspirou. "Se veste logo. Você vai se atrasar."

"E o que você tá fazendo aqui?", perguntou ele, enfiando o braço pela manga.

"Não tá na cara? Não me canso de toda essa gratidão servil."

Na verdade, ela só estava ali porque Edith havia lhe pedido que o ajudasse com qualquer dúvida que pudesse surgir.

No entanto, depois da estranha conversa que tivera com Edith no dia anterior, não sabia bem dizer se a insistência da mulher mais velha para que passasse na casa de Cain naquela noite tinha mais a ver com aspirações casamenteiras do que com a preparação do neto para o jantar.

E, se fosse esse o caso, era melhor Edith começar a se preparar para a decepção. Cain estava sendo *especialmente* antagônico naquele dia, o que era impressionante, considerando que o seu normal já era para lá de agressivo.

"Por que você encomendou tanto terno?", resmungou ele.

"Na verdade, não são muitos", ela disse, avaliando a fileira de cabides com capas protetoras no armário. "Lembre que, se você conseguir o emprego, vai ter que usar terno todo dia, ou pelo menos todo dia de semana."

"Bom, está vendo só qual é a graça de ser o chefe da empresa? Posso usar o que bem entender, e não precisa ser terno."

"Bem pensado", respondeu Violet, sem morder a isca. "Vou pesquisar se eles fazem macacão do seu tamanho."

"Tem que ser tamanho extragrande. Lá embaixo, se é que me entende."

"Como eu poderia entender?" Ela franziu a testa, fingindo confusão. "Você é tão sutil e nada clichê."

Cain começou a abotoar a camisa. "Tem certeza sobre essa cor?", perguntou, olhando para a camisa azul-escura meio na dúvida. "Branco não seria mais... tradicional?"

Ela ergueu as sobrancelhas. "E você *quer* parecer tradicional?"

Ele fez uma careta. "Esta é brilhosa."

"Não é brilhosa, é só... Abotoa logo isso. Ou será que você só sabe desabotoar camisas?"

Ele a encarou fixamente de olhos semicerrados. "Isso é um convite?"

Violet ignorou e foi até a cama, onde Cain havia virado as bolsas enviadas pelo alfaiate. "Na verdade, espera. Deve ter alguma camiseta aqui. Pronto. Achei."

Ela pegou um pacote de camisetas brancas de gola em V. "Veste uma dessas primeiro."

Violet jogou o pacote para Cain, que o pegou com uma das mãos e o rasgou com os dentes. Quando ele terminou de vestir a camiseta, ela deu um suspiro silencioso de alívio. Era um pouco mais fácil pensar com clareza quando o sujeito estava vestido. Não muito. Mas pelo menos um pouco.

"Keith sabe a frequência com que você me cobiça sem camisa?", perguntou Cain.

"Não. Não quero que Edith passe vergonha, então não conto para ninguém da dificuldade que você tem para se vestir."

"Você tá ficando espertinha nas respostas. Gostei."

"Que alívio." Ela deu a ele uma calça social. "Vou esperar lá embaixo", disse, indo até a porta.

"Tá com medo, duquesa?"

A pergunta tinha um tom de sarcasmo. O suficiente para fazê-la parar. "Medo de quê?"

Cain foi até ela, que aparentava estar muito menos perturbada com o peito dele do que de fato estava. "Do que Keith pensaria? Você. Aqui. Comigo. Assim."

Por um momento ela ficou desconcertada, mas se forçou a parecer entediada. "Tenho certeza de que Keith ficaria mais preocupado que um homem adulto precise de quase meia hora para se vestir. Na verdade, se você quiser, posso chamá-lo aqui para mostrar como se faz..."

Ele curvou a boca num sorriso relutante de respeito, e ela soube que tinha ganhado aquela.

Um a zero, Violet!

Então sentiu um frio na barriga quando ele levou a mão propositalmente à braguilha da calça jeans, sem tirar os olhos dela, enquanto abria o botão com o polegar.

Certo. Um a um. Empate.

Ela se virou de costas, decidida. Ele riu, e ela ouviu o som da calça caindo no chão e sendo chutada para o lado.

Enquanto ele se trocava, Violet pegou o paletó do cabide. Ela havia escolhido um terno cinza-escuro para o jantar; menos corporativo que o de risca de giz azul, mas conservador o suficiente para dizer aos membros do conselho que ele estava levando aquilo a sério.

Com o colarinho pendurado na ponta do dedo, ela estendeu o paletó para ele.

"E então?", perguntou Cain, um minuto depois.

Violet ficou boquiaberta com o homem diante de si. Reconhecível, mas... não exatamente. O terno ficou perfeito nele, e ainda assim Cain não se parecia com nenhum outro homem de terno que ela já tivesse visto. Keith ia à academia diariamente e era musculoso, mas Cain cuidava do corpo de outra maneira. Era maior. Mais largo. Mais bruto.

Mais *gostoso*.

"Ficou bom", disse ela, com um gesto meio sem jeito. "Agora, a gravata."

Ela foi até a cama desarrumada e pegou uma.

"Não. De jeito nenhum. É rosa."

Ela olhou para a gravata na mão. "É coral."

"Chame do que quiser, não vou usar."

Violet revirou os olhos, mas deixou a gravata de lado e pegou uma azul-clara. "Melhor?"

Ele respondeu, indiferente: "Tá boa".

Violet entregou a gravata e percebeu uma mínima hesitação da parte dele antes de pegá-la.

"Você... sabe dar nó?", ela perguntou.

"Não sou tão bronco quanto você pensa", retrucou ele. Depois hesitou, obviamente envergonhado e odiando se sentir assim. "Já faz um tempo."

"Tudo bem", disse ela. "Passa pelo pescoço."

Ela o esperou passar a gravata, então se aproximou e levantou as mãos para ajudá-lo, mas, em seguida, hesitou. "Posso? Deve ter um milhão de vídeos no YouTube para você aprender a fazer sozinho, mas como estamos meio sem tempo..."

"Vá em frente", disse ele, um pouco ríspido.

Violet estendeu a mão de novo, pegou as duas pontas da gravata e começou o processo de transformá-la num nó arrumado.

"Você está sorrindo", ele disse, calmamente.

Ela levantou os olhos. Ele estava perto demais. E nem um pouco preocupado em disfarçar que a examinava.

Ela voltou a atenção para a gravata. "Só estava lembrando que costumava fazer isso pro meu pai. Ele não precisava, claro, mas eu adorava fazer parte das noites extravagantes dele e da minha mãe. Pra falar a verdade, nem acredito que ainda lembro como fazer isso. Já tem tantos anos."

Violet apertou o nó e ficou satisfeita ao notar que estava perfeito, então deslizou as mãos até a nuca dele, para se certificar de que a gravata estava bem dobrada sob o colarinho.

Seus dedos encontraram o coque dele, o cabelo preso no estilo bagunçado de sempre. Ela prendeu a respiração, demorando-se ali, lutando contra o estranho desejo de tirar o elástico. Já o vira de cabelo solto, na altura dos ombros, uma vez, mas queria ver de novo. Queria ainda mais explorar como seria senti-lo nos dedos, descobrir o que ele faria se...

De repente, Cain levou a mão até a nuca de Violet, e foram os dedos dele que se emaranharam no cabelo dela, dando um leve puxão para trás até que o rosto dela se voltasse para o dele. Os movimentos eram surpreendentemente suaves, mas a voz era ríspida. "Você não consegue se decidir, não é?"

Violet engoliu em seco, sem jeito. "Como assim?"

"Quem você quer que eu seja. Sua criação perfeita e entediante, um bibelô da sua coleção para exibir para os amigos. Ou o bronco cafajeste para você satisfazer a curiosidade rebelde que sente aí entre as pernas."

Ela ficou boquiaberta, embora não soubesse se era de surpresa, raiva ou desejo. Talvez uma combinação dos três.

Ele puxou o cabelo dela com um pouco mais de força, e o desejo abruptamente ganhou, seguido por outra emoção.

Culpa.

"Deixa eu mostrar pra você, duquesa", disse Cain, antes de puxá-la grosseiramente contra seu corpo e esmagar a boca de Violet com um beijo.

Um beijo carnal. Lábios firmes e hábeis persuadiram os dela a se abrirem. Sua língua deslizou pela dela sem desculpas. Os dedos apertaram seu cabelo, enquanto a outra mão vagava à vontade por seu quadril, sua bunda, e então subia pela cintura até a palma roçar a lateral de seu seio, parando...

Perdida em um desejo tão desconhecido, tão intenso que ela não conseguia ver direito, Violet soltou um gemido de desejo e se curvou contra ele, sem pensar. *Mais!*

Cain a afastou tão abruptamente quanto a puxara para si.

"Alguma pergunta?"

"O que foi isso?", perguntou ela, confusa e com as pernas ligeiramente bambas.

"Estou mostrando a você que não sou seu cara, em nenhuma condição. Nunca vou ser. Agora dá o fora da minha casa."

14

"Ai, meu Deus", exclamou Ashley, maravilhada, depois que Violet terminou de contar o incidente. "Ele te pegou pelos cabelos."

"O quê?", Violet perguntou, parecendo meio cansada, enquanto servia uma xícara de Earl Grey para cada uma. Uma escolha nem um pouco original para o chá de domingo, mas ela estava mais ou menos operando no piloto automático desde que Cain virara seu mundo de cabeça para baixo com aquele beijo, só para rejeitá-la com tanta crueldade logo em seguida. Dizer que não tinha dormido bem desde então era eufemismo.

"Tá na cara que você não tem lido os romances que eu recomendei. Sabe como é, quando..." Sem se levantar de seu lugar de sempre no sofá, Ashley agarrou Violet pelos cabelos e a girou nos braços. "Quando o cara te *pega* de jeito." Ashley estremeceu de prazer com a própria descrição e se abanou. "Não tem nada mais sensual."

Ela parou de se abanar para aceitar a xícara de chá e lançou um olhar cuidadoso para a amiga.

"A menos que *não tenha* sido sensual..."

Violet mexeu o chá e ficou calada.

"Vi?" Ashley tinha ficado preocupada. "Ele *abusou* de você? Ele..."

"Não", Violet respondeu depressa. "Não abusou..." Ela enfim cedeu e suspirou. "*Foi* sensual."

"Droga", murmurou Ashley, enquanto acariciava Coco e pegava um dos *macarons* Ladurée que tinha levado. "E aí ele começou a falar e estragou tudo. Por que os caras têm sempre que fazer isso?"

"Ainda bem", Violet retrucou, acariciando as costas de Coco assim que a cadela pulou em seu colo.

"Por causa do Keith?", a amiga perguntou.

Violet gemeu e deslizou ligeiramente na cadeira, tomando cuidado para não incomodar Coco. "Keith. O que eu vou fazer?"

Mas ela já sabia. Não podia, em sã consciência, sentir o que tinha sentido quando Cain Stone a beijou *e* continuar o namoro com Keith. E não era só a sua consciência. Mesmo *antes* do beijo, ela já vinha notando que queria mais. Mais para a sua vida e mais do homem em sua vida.

"Você correspondeu ao beijo?", Ashley perguntou, com gentileza.

"Nem sei. Acho que, *tecnicamente*, não, porque foi muito rápido." Rápido *demais*. "Mas um detalhe técnico não muda o fato de que eu gostei."

"Então, qual é o problema?", disse Ashley, com sinceridade. "Não é como se você e Keith fossem ficar noivos ou algo assim."

Assustada, Violet fitou a amiga. "Você parece extremamente confiante disso."

Mais confiante do que a própria Violet; um mês antes, ela imaginara que os dois estavam a caminho do altar. Parecia só um caminho muito lento, sinuoso e meio sem graça.

Ashley arregalou os olhos, em pânico. "Desculpa, Vi. Achei que... Não pensei..."

Enquanto a melhor amiga mordia o lábio e se ajeitava no sofá, inquieta, Violet virou-se para ela com um olhar gentil, mas firme. "Ash."

Ashley se inclinou para a frente para pousar a xícara de chá na mesa. "Certo, primeiro, juro por Deus, eu teria te contado antes se imaginasse que *você* pensava em Keith como o cara."

"Me contado o quê?" Violet conhecia as expressões da amiga o suficiente para se preparar para más notícias.

Ashley inflou as bochechas e depois soltou um suspiro. "Uns meses atrás, fui à festa de aniversário de Kristen. A gente estava planejando ir juntos, de táxi, você, eu e Keith, mas você teve que cancelar de última hora."

Violet balançou a cabeça. "É. Tive aquela porcaria de infecção estomacal."

"Isso mesmo. Então, como você não ia, eu não tinha motivo pra dividir um táxi com Keith. Ele já estava lá quando cheguei. Eu... posso estar errada, Vi, mas ele e Erin McVale pareciam *bem* próximos. E os dois foram embora juntos." Ashley parecia angustiada. "Não quis fazer suposições, afinal, não peguei os dois se beijando nem nada assim. Mas eles estavam meio carinhosos demais, sabe? Fiquei com a impressão de que... talvez, tenham voltado para a casa dela. Ou dele."

Violet esfregou o indicador no topo da cabeça de Coco, esperando para ver se sentia alguma coisa. Nada.

"Você está brava", a amiga comentou, com um gemido angustiado. "Eu deveria ter contado."

"Na verdade, *não* estou brava", respondeu Violet, com sinceridade. "Nem com você, nem com Keith. Não estou sentindo nada. Mas deveria, não deveria?"

"Bem, se pensou em se casar com o cara, deveria, Vi. Deveria estar fervendo de ciúme ou de raiva agora. Se não está..."

Violet suspirou e se abriu completamente com a amiga. "Outro dia, estava tentando lembrar a última vez que a gente transou. Não consegui. E só piora: percebi que não conseguia me lembrar nem da última vez que a gente tinha se *beijado* de verdade, sem ser um selinho rotineiro. E ele não parece se importar. Ou notar. Então, imagino que em algum nível", continuou Violet, lentamente, "eu sabia que ele provavelmente estava procurando isso em outro lugar. Com outra *pessoa*."

"E você?", Ashley perguntou. "*Por favor*, me diz que você tá fazendo isso em algum lugar."

Violet hesitou, depois negou com a cabeça. Nunca tinha sido de fazer sexo casual, e mesmo antes de as coisas esfriarem com Keith nunca sentira qualquer pontada de libido que a mantivesse acordada à noite.

"Isso simplesmente não tá certo", exclamou Ashley. "Obrigada, Deus, por ter mandado Cain..."

"Não vou dormir com Cain."

"E por que não?", perguntou a amiga. "Vocês dois obviamente têm química."

Não sou seu cara. Nunca vou ser.

"Ele não me quer. Já contei as coisas que ele disse", insistiu Violet.

"As coisas que ele disse *depois de te beijar*. Amiga, ações sempre falam mais do que palavras, principalmente quando o assunto é homem. O beijo é o que conta, não as palavras. Mas já que você quer examiná-las: aquela palhaçada sobre você não conseguir se decidir se está se apaixonando por um bibelô ou se só quer se divertir com um cara rústico?"

Violet soltou uma risada dolorida. "Pois é. Isso."

"Que besteira", concluiu Ashley, decidida, pegando um *macaron* turquesa, observando-o por um momento e, em seguida, enfiando tudo na boca. "É um sistema clássico de defesa peniana."

"Não sei nem se quero perguntar o que é isso", comentou Violet, ceticamente.

Ashley franziu a testa para a amiga como uma professora faria. "Tô falando sério sobre os romances, Vi. Vão te ensinar tudo que você precisa saber."

Violet ergueu a cachorrinha até o rosto e deu-lhe um beijo carinhoso no focinho. "Coco, pode lembrar a sua tia Ashley daquela vez que a gente escreveu para ela um relatório do livro *O sol é para todos*, na oitava série, para que ela pudesse ir ao cinema com Benny Gould? Agora é a vez dela de resumir para mim o que aprendeu nesses romances."

Ashley abriu um sorriso maroto. "Só para deixar registrado, não me arrependo de ter te pedido aquele favor moralmente questionável. Dei meu primeiro beijo graças a você! E depois eu li *O sol é para todos* por conta própria, tá? Ano passado."

"Certo. Bem, fico muito feliz pelo seu primeiro beijo, mas posso ter acabado de experimentar meu último beijo graças a você, se não me ajudar", retrucou Violet, dando um longo gole no chá e pousando Coco no chão para pegar um biscoito. E mais dois em seguida.

"Tá, tudo bem, mas é melhor você anotar, porque isso é crucial", Ashley proclamou. "O sistema de defesa peniana é quando um cara é louco por você, mas, por alguma razão, ele não quer te querer. Então ele te afasta. Em outras palavras", continuou Ashley, chegando para o lado para que Coco pudesse reivindicar seu canto favorito do sofá, "Cain está te rejeitando antes que você possa rejeitá-lo. E se está fazendo isso de uma maneira tão direta, significa que está *caidinho*."

Limpando o farelo colorido das pontas dos dedos, Ashley continuou:

"Quer saber a minha teoria? Por mais que Cain queira te convencer de que é um cara mau, acho que, no fundo, ele é meio certinho. Tem um código de conduta que não quer violar."

"Hum, não sei se concordo", Violet argumentou, balançando a cabeça. "Passei muito tempo com ele, e ele não me parece alguém que adora seguir regras. Além do mais, que regra ele poderia achar que está quebrando?"

Ashley a olhou pacientemente. "A regra que diz que não se rouba a mulher dos outros. Não tá na cara, amiga? Ele não vai se jogar no fogo; não enquanto achar que você pertence a Keith."

Já havia um tempo que Violet sabia que sua vida romântica era ínfima comparada à de outras pessoas de sua idade. Tivera algumas paixonites no colégio, fora à formatura com um garoto legal chamado Sam, mas só foi namorar *de verdade* na faculdade. Primeiro Michael, que terminou o namoro depois que pediu transferência ao final do primeiro ano. Depois Erik, que tinha sido tudo para ela, até largá-la no último ano de faculdade e começar a namorar outra pessoa uma semana depois.

Depois da colossal desilusão, saiu algumas vezes muito casualmente com dois homens, e ambos simplesmente se afastaram quando ela começou a sair com Keith, sem nenhum grande confronto ou fogos de artifício.

Tudo isso para dizer: se sua experiência romântica era parca, a experiência em *terminar* relacionamentos era completamente inexistente.

Ela era abandonada, nunca abandonava.

Isso mudaria naquela noite.

Por mais nervosa que estivesse nas horas que antecederam o jantar com Keith, ficou surpresa ao perceber que não estava tão nervosa e enjoada quanto esperava. Na verdade, quase se sentia... ansiosa?

Não que estivesse ávida por aquilo — claro que não. Não queria machucar Keith. Mas, em algum nível, também tinha certeza de que não ia machucá-lo.

Porque ele não a amava, não como ela queria ser amada. Violet não tinha dúvidas de que o ego de Keith ficaria ferido no instante em que ela concluísse o que tinha para dizer. Mas o coração dele? Ficaria bem.

Quanto ao seu coração, estava um pouco mais preocupada. Não que fosse se partir como acontecera com Erik. Mas Violet também sabia muito bem que seu coração estaria em segurança sob os cuidados de Keith;

talvez por isso ela nunca tenha pertencido, nem só um pouquinho, a ele, para começo de conversa.

Ela sabia que mesmo que ele tivesse feito o pior, aquilo não a teria atingido profundamente, porque Violet não *sentira* nada profundamente.

E os dois mereciam um relacionamento com um pouco mais de contato físico.

Mereciam estar apaixonados, o que jamais aconteceria entre eles.

"Acho que vou pedir o pato", comentou Keith, completamente alheio à linha de pensamento dela, examinando o cardápio. "E você? Vai pedir o quê?"

"A massa da casa." Tinha escolhido no segundo em que o garçom dissera *molho de creme de cogumelos*.

Keith olhou para ela. "Ah, é? Você nunca pede massa."

"Bem, vou pedir hoje", ela replicou, calmamente, chamando o garçom. "Pode trazer mais uma cestinha de pão?", pediu. Então apontou para um pratinho vazio no centro da mesa. "Ah, e mais disso aqui também."

"Manteiga de ervas com alho", disse o garçom, com um sorriso. "Especialidade do chef. Todo mundo brinca que o ingrediente secreto é mágico, porque ninguém consegue reproduzir em casa."

"Que merda", ela comentou, com um sorriso. "Acabou com o meu final de semana."

O garçom recolheu a cesta vazia de pão e o prato com manteiga e foi embora. Violet voltou-se para Keith, que olhava fixamente para ela.

"O que foi?"

"Desde quando você fala *merda*? E, a propósito, desde quando você come carboidrato?"

Desde que Cain Stone me deu um pedaço de panqueca numa lanchonete com mesa grudenta e café horrível, e me disse que mereço mais do que estar bem. Desde que caminhamos pelo Central Park e comemos pretzel, vendo as pessoas patinarem no gelo, aproveitando um dia sem planos nem compromissos.

Ela não estava terminando com Keith por causa de Cain, ou ao menos não apenas por causa de Cain. Estava terminando com Keith por causa do que aprendera com o sujeito taciturno da Luisiana. Percebera que estava entediada com a vida organizada, segura e sempre igual. Estava cansada de ir aos mesmos lugares, pedir a mesma comida, seguir a mesma rotina. Não porque se incomodasse com rotinas, mas porque não sabia se tinha sido ela que escolhera a própria rotina. As coisas simplesmente haviam acontecido daquele jeito.

Violet queria mais. Queria *sentir* mais, mesmo que às vezes fosse doloroso.

Keith largou o cardápio, ironicamente mais focado nela do que ela jamais vira. E preocupado. "Você está bem?"

"Só comi um pouco de pão, Keith. Não comecei a ouvir vozes."

Ele sorriu, e havia um toque de condescendência e pena em sua expressão que a irritou. "É o Cain, né? Deve estar te esgotando. É o que tá acontecendo comigo. Acredita que ele entrou numa videoconferência com Londres hoje, sem gravata e com o primeiro botão da camisa aberto?"

Ela arregalou os olhos. "*Não.*" Sua voz soou escandalizada. "Sem gravata? O que o FBI disse?"

Keith ficou quieto e pôs sua bebida de lado muito lentamente. "Tá bom, Violet. O que está acontecendo?"

Violet havia encenado a conversa com Ashley meia dúzia de vezes, mas, sentada na frente dele naquele momento, abandonou o roteiro, pulou todas as sutilezas e foi direto ao ponto.

"Não quero mais isso."

Agitando sua taça de vinho num movimento indiferente, Keith respondeu: "Conversa com Edith. Avisei desde o início que não era boa ideia."

"Não estou falando de Cain", Violet continuou, calmamente. "Estou falando disso aqui, eu e você. Não tá dando certo."

Ele pareceu mais irritado do que surpreso. "Que história é essa?"

O tom impaciente fez com que fosse mais fácil para Violet falar com franqueza. "Quero terminar, Keith."

Aí, sim, ele *ficou* surpreso.

Não disse nada quando o garçom voltou com pão e manteiga. Violet agradeceu e se demorou pegando a maior fatia e passando uma quantidade generosa da manteiga mágica, enquanto Keith continuava a encará-la.

Por fim, ele pareceu organizar os pensamentos o suficiente para falar, embora as palavras que escolheu tenham apenas confirmado a decisão dela. "Você tá terminando comigo", exclamou Keith, "por causa de um caipira."

Sua risada foi grave e grosseira.

"Sabe, acho que eu deveria aplaudir a sua iniciativa, Violet. Você acha que vai ter sucesso com a transformação dele e está apostando que *ele* vai virar CEO, e não eu. E você vai estar lá, com as pernas abertas, é isso?"

"Não seja nojento", ela respondeu, com calma. "Estou terminando com você porque não estamos apaixonados, Keith. Mal olhamos um para o outro. Não falamos sobre coisas que importam. Faz meses que não fazemos sexo."

"Porque esse não é o tipo de relacionamento que você quer."

Ela riu. "Quem disse?"

"Você!" ele exclamou, impaciente. "Achei... Achei que era isso que você queria. Uma companhia. Foi isso que eu fui. Não foi?"

Keith parecia totalmente confuso agora, e Violet suavizou o tom.

"Para ser sincera, Keith, não pensei muito no que queria até agora, mas sou muito grata pela sua companhia nesses anos. Eu só... eu quero mais, Keith. Você não quer? Acho que nós dois merecemos mais."

"Mais o *quê*, Vi? Você não tá no colégio. A gente não pode tomar uma decisão só pensando se o outro te deixa de pau duro ou com frio na barriga. A gente se preocupa um com o outro, isso é o que importa. Temos os mesmos amigos, os mesmos objetivos..."

"Eu quero o frio na barriga, Keith! E talvez o fato de sermos tão *iguais* seja parte do problema. Quero dizer, quando foi a última vez que fomos a um restaurante que não *este*?"

"Mas você pediu massa", ele retrucou, um pouco desesperado. "Isso é uma mudança. Dá pra mudar as coisas sem destruir tudo."

Ele não entendia. Nunca entenderia. E tudo bem. Mas não era o suficiente.

"Keith." Violet estendeu o braço e pegou a mão dele. "Você está apaixonado por mim?"

Ele a encarou por um instante longo demais e respondeu: "Claro."

Violet sorriu, porque a pausa de alguma forma falou mais alto do que as palavras. "Não", disse ela, com carinho, dando um tapinha em sua mão e soltando-a. "Não está. Não sou sua garota."

A frustração de Keith era incontestável. "Que diabos significa isso? Você quer meu anel de formatura? Meu casaco do time da faculdade?"

"Não. Não", ela repetiu. "Não quero nada disso."

Não de você.

"O *que* você quer, Violet?"

"Não sei", respondeu. "Mas é isso que pretendo descobrir."

Sem pensar muito, ela se levantou. Keith escancarou a boca de um jeito quase cômico. "Você vai embora?"

Aparentemente, sim.

Isso não fazia parte do plano. Ela não pretendia *ir embora*. Mas estava agindo por instinto, e o instinto lhe dizia que ela não queria estar ali naquele momento. Não naquele restaurante, não com aquele homem.

Nem mais um minuto.

Estava cansada de tudo aquilo. Cansada de seu tom entediado, como se conversar com ela fosse uma tarefa a ser suportada, até quando estava tentando fazê-la ficar. Cansada dos restaurantes sofisticados que pareciam todos iguais, com a rosa branca no centro da toalha de mesa branca e seus pratos brancos... Cadê a *cor* daquele mundo?

"Aproveite o pato." Ela se abaixou para pegar a bolsa e se endireitou. E que *triste* era o fato de que aquilo fosse a única coisa que podia pensar em dizer para aquele homem naquele momento.

"Violet..." Ele olhou ao redor do salão, um pouco inquieto, mas não fez menção de se levantar. Porque não queria fazer cena. Ela entendia. Entendia melhor do que ninguém, porque um mês antes teria tido exatamente a mesma reação.

E foi a última confirmação de que estava fazendo a escolha certa.

Então deu a volta na mesa e, pousando a mão de leve em seu ombro, abaixou-se para beijar a bochecha dele. "Tchau, Keith."

Violet se virou e caminhou, aliviada, mas não surpresa, quando ele não a seguiu.

Ela pegou o casaco na entrada e saiu para o ar frio da noite de janeiro.

O restaurante ficava a uma curta caminhada de casa. Ela seguiu naquela direção e pegou o celular para ligar para Ashley e repassar os acontecimentos da noite, então lembrou que a amiga estava num evento de trabalho.

Podia ligar para outros amigos, e fora convidada para um aniversário em que podia dar uma passada, mas não estava disposta a responder quando perguntassem por Keith. Não até ter um pouco mais de tempo para processar aquela conversa em particular.

Pela primeira vez em muito tempo, Violet fez uma pausa e se perguntou a mesma coisa que Keith havia perguntado.

O *que* ela queria?

Como queria passar a noite de sexta-feira? A primeira em muito tempo em que não tinha planos de jantar com Keith, ou um evento de arrecadação de verbas para caridade, ou uma despedida de solteira de uma amiga, ou um filme com Edith e Alvin?

Uma noite só para ela, em que pudesse fazer o que quisesse?

Então sentiu o desejo puro e forte. Sabia exatamente onde queria estar, um lugar a que ninguém em sua vida — nem mesmo Ashley — jamais se interessara em ir com ela, e naquela noite, ela não se incomodava com isso.

Violet ergueu a mão para chamar um táxi. Como era uma sexta-feira movimentada, teve que esperar um pouco e, quando chegou ao Columbus Circle, sabia que a chance de conseguir um lugar livre tão tarde, tão perto do início do set, era quase nula, mas foi até a casa de jazz assim mesmo.

Era uma das mais chiques da cidade, mas não uma de suas favoritas — preferia as pequenas e lotadas, cheias de gente e história. Naquela noite, no entanto, haveria um show de um trio excelente, com uma baixista nova que ela vinha acompanhando.

"As mesas estão todas ocupadas", respondeu a anfitriã, com um sorriso simpático. "Mas posso conseguir um lugar pra você no bar, se me der um segundo, peço a algumas pessoas para abrirem um espacinho."

"Seria ótimo, obrigada."

"Claro, só um minutinho", disse a moça, com um sorriso de desculpas, atendendo o telefone que tocava incessante no pedestal ao lado da entrada.

Violet deu um passo para o lado e examinou o local, observando a sala mal iluminada e o burburinho, um funcionário ajustando o microfone no palco e colocando garrafas de água para os músicos.

Sentindo que alguém a observava, virou-se para uma das mesinhas, onde havia um homem sentado, analisando-a, com um copo de uísque.

Cain.

Estava de terno, embora, como Keith notara ironicamente, sem gravata, e desabotoara os dois primeiros botões. E ela ficou irritada ao notar que o misto de formalidade com casualidade combinava com ele. O homem era atraente demais, não importava o traje.

Cain ergueu a sobrancelha, e estendendo a perna sob a mesa, empurrou de leve a cadeira oposta à sua, num convite silencioso.

Sem se dar conta de que queria se mover, Violet se viu indo até ele, como uma mariposa que segue a luz. Quando desabou na cadeira, experimentou uma sensação inesperada de conforto.

Não tinha percebido quão pesado e *monótono* fora o tempo que passara com Keith até contrastá-lo com aquele momento. Ali, Violet podia ser *ela mesma*. Podia fazer o que quisesse, pedir o que quisesse...

Estar com quem quisesse.

Ela ainda estava brava com Cain. O beijo punitivo, as palavras grosseiras, a intenção de magoar ainda estavam frescos em sua memória.

Mas até a raiva era boa.

Ela se sentia quase elétrica. Vibrante. *Viva.*

Ali, com ele, não havia pressão para não deixar a conversa morrer com assuntos fúteis como o tempo ou o trânsito, não precisava evitar constantemente "silêncios constrangedores".

Na verdade, exceto quando Violet pediu um Sauvignon Blanc ao garçom, não disseram uma palavra até os músicos subirem no palco.

"Fui um idiota", ele resmungou, de repente.

Violet virou-se para ele, surpresa. Não imaginara que seria ele a quebrar o silêncio, nem esperava um reconhecimento de seu comportamento grosseiro.

"É", ela concordou, mantendo o olhar firme, recusando-se a tornar a situação confortável para ele. "Foi mesmo."

Ele abaixou a cabeça em reconhecimento. "Peço desculpas. Você não merecia."

"Obrigada por isso", ela respondeu, calmamente.

Cain ergueu um ombro e voltou-se para o palco. O silêncio continuou por mais alguns instantes, e dessa vez foi Violet quem falou.

"Terminei com Keith", anunciou, casualmente, entre pequenos goles de vinho ruim.

Cain demorou a se voltar para ela de novo. Seus olhos pareceram estudar cada nuance das feições de Violet.

Ele voltou-se para o palco novamente, deslizando o polegar ao longo do copo, enquanto observava um funcionário entregar uma garrafa de água para a baixista.

Quando enfim falou, o fez sem desviar os olhos do palco. "Você está bem?"

"Estou", ela respondeu, baixinho. "É. Estou bem."

E, estranhamente... estava mesmo.

Sentada ali, ouvindo jazz com Cain Stone? De alguma forma, estava *mais* do que bem.

15

Na noite seguinte, Violet apertou com força o enorme fichário que tinha em mãos e bateu à porta do apartamento novo de Cain. Não tinha a chave dali, e ele certamente não lhe oferecera uma, então tudo o que podia fazer era prender a respiração e torcer para que ele não estivesse acompanhado.

Quando ele enfim abriu a porta, havia em seus olhos um lampejo de algo mais do que surpresa, mas ela não sabia o que era e disse a si mesma que não se importava.

"Duquesa?"

Ela estendeu o enorme fichário branco. "Sua avó mandou. Notas manuscritas sobre todos os que vão decidir se você vai ou não ser o próximo CEO, e sugestões sobre como conquistar todos eles."

Ele segurou o fichário pesado contra o peito e avaliou. "Ela nunca ouviu falar de e-mail? Internet?"

"Pergunta *você*", Violet retrucou, sorrindo, e em seguida olhou de novo para trás dele. Cain estava acompanhado, sim, mas não de quem ela temia. Violet apontou. "É a minha cadela?"

Coco parecia minúscula e imensamente feliz na almofada central do sofá. Ela abanou desenfreadamente o rabinho, mas, em vez de pular para cumprimentar a mãe, apoiou o focinho entre as patas, erguendo os olhos suplicantes, como se dissesse *não fica brava comigo*.

"Totó e eu ficamos amigos", disse ele, dando um passo para o lado num convite silencioso.

Violet entrou, e Coco saltou do sofá e correu para cumprimentá-la. "Lembro muito bem de deixar a senhorita na casa da vovó Edith, hoje de tarde, quando peguei o fichário", Violet disse à cadela, pegando-a no colo e lançando um olhar irônico para seu rostinho gentil.

"Edith teve um convite de última hora para uma exposição de arte esnobe que não podia negar, e Alvin... bem, agora esqueci", comentou Cain. "Alguma coisa a ver com erupções na pele e banhos de leite. Não perguntei mais que isso."

"E ele ligou para *você*?", perguntou Violet.

"Não, eu estava lá na hora, fui entregar uma coisa. Sua cadela é muito sem-vergonha e não me deixou em paz, então... aqui estamos."

Violet beijou a cabeça de Coco e a colocou no chão para que pudesse voltar ao sofá, marcar território. "Podia jurar que tinha colocado um suéter xadrez nela. O que aconteceu com ele?"

"Hmm. Deve ter sumido."

"Aham." Violet cruzou os braços. "Espera. Se você estava na casa de Edith, por que ela me implorou para trazer este fichário aqui? Ela disse que era urgente."

Ele jogou o fichário na bancada. "Qual é, duquesa? Essa até você pode responder. Porque ela é uma velha intrometida que está tentando nos juntar. Quer uma bebida?"

Hmm. Aparentemente, não era só ela que estava recebendo conselhos nada sutis de Edith. Teve muita vontade de perguntar o que Edith havia dito a ele, mas decidiu que não queria correr o risco de perturbar a incomum trégua entre os dois. "Aceito. Vinho, se tiver."

"Prepare-se para ficar impressionada. Tenho vinho *e* taças."

"Você comprou taças de vinho?", ela perguntou, sem acreditar.

"Bom, o cocho era grande demais para trazer para Nova York. E não. Adam tinha umas duas mil taças sofisticadas. Trouxe algumas comigo, vendi o resto."

"E os móveis?", perguntou ela, aceitando a taça e gesticulando para a casa mobiliada. "Você é rápido."

"Kim me indicou uma empresa que cuida de tudo. Você escolhe um pacote, e eles trazem sofá, cama, abajur, aquele tapete marrom feio."

"É calêndula. E meio que gostei dele."

Cain deu de ombros e se sentou na bancada, bebericando a cerveja enquanto a examinava.

"Não tinha banqueta de bar no pacote que você escolheu?", Violet perguntou.

"Não tinha no estoque, vão mandar semana que vem." Então ele a surpreendeu, dando um tapinha na bancada ao seu lado, num convite. E talvez um desafio.

Violet Townsend *não* se sentava em bancadas, e Cain sabia disso.

Ela não conseguia nem imaginar a expressão de sua avó diante da ideia, ou de Edith. Ou de Keith. Ou mesmo de Ashley.

Entregou a taça de vinho a Cain e, antes que pudesse pensar direito no que estava fazendo, apoiou as mãos na bancada e se ergueu ao lado dele, acomodando-se ali, as pernas penduradas, a bunda no mármore frio. Parecia ao mesmo tempo impróprio e perfeitamente certo.

Cain devolveu a taça de vinho. "Tem uma coisa que eu queria te perguntar", começou ele.

"Vai ser mal-educado?"

"Você provavelmente vai achar que sim. Tudo pra você é mal-educado. Mas, numa escala de um a dez, quão confortável é esse sapato?", perguntou Cain, apontando com a cabeça os Jimmy Choo de cano baixo.

Violet seguiu seu olhar até as botas de camurça azul com saltos de dez centímetros. Avaliou a pergunta. "Dez é o mais confortável?"

Ele assentiu. "Dez é pantufa, um é envolver o pé em arame farpado."

"Quatro", respondeu ela, mas se corrigiu. "Não, três."

"Foi o que eu pensei. Tira. Não permito nada abaixo de cinco na minha casa."

Ela olhou para os sapatos dele, um pouco surpresa ao perceber que eram os mocassins que ela tinha escolhido, e não as botas surradas ou o tênis de sempre. "E o seu, quão confortável é?"

"Nota seis."

"Só isso? Parece mais confortável do que qualquer coisa que eu tenha."

"E deve ser mesmo, mas tô com saudade da minha bota."

Antes que ela pudesse protestar, Cain enganchou o pé no salto do sapato dela e o chutou para longe.

Ela ficou boquiaberta, vendo o sapato de várias centenas de dólares bater sem delicadeza no piso de madeira. "Você não fez isso."

"Fiz, sim."

Ele tentou repetir o movimento com a outra bota, mas, rindo, ela afastou a perna. "Eu tiro."

E levantou a perna e tirou o sapato, mas hesitou antes de largá-lo no chão.

"Solta esse sapato, duquesa", ele ordenou. "Viva no limite."

"Acho que deixar meu sapato cair de alguns centímetros de altura não conta como *viver no limite*."

"Pra você? Conta."

"Como assim *pra mim*?", perguntou ela, olhando para ele.

Violet achou que ele estaria zombando, ou no mínimo se divertindo, mas em vez disso a expressão de Cain parecia quase... gentil. Encorajadora.

Ela largou o sapato e ergueu a mão num gesto dramático, mostrando que estava vazia. *Feliz agora?*

"Então", observou, balançando as pernas, aproveitando a liberdade do gesto. "É assim que Cain Stone passa as noites de sábado?"

"Às vezes."

"Não esperava te encontrar sozinho", ela comentou.

Ele apontou a cadela no sofá. "Não estou. Estou com uma gostosa bem ali."

"Não foi o que eu quis dizer."

"Eu sei", ele disse, simplesmente. "Você comeu?"

"Almocei tarde."

"Ia pedir comida italiana. Quer alguma coisa?"

"Só vim deixar o fichário, não ia ficar pra jantar", disse ela.

"Entendi." Ele estendeu o braço e abriu o fichário numa página aleatória. "Quer começar por onde?"

Ela fitou o papel com suas linhas desbotadas, a letra cursiva de Edith, limpa, mas minúscula, e uma fotografia de um dos membros do conselho com uma expressão artificial exibindo um sorriso insosso e uma gravata sem graça.

Só de pensar em ler aquilo, Violet deixou escapar um pequeno gemido de tristeza, e Cain fechou o fichário novamente. "Foi o que eu pensei", disse ele.

Então, aparentemente sem propósito, ele comentou:

"Instalei internet e o Wi-Fi tá funcionando."

Ela piscou. "Parabéns?"

"O que você acha da Netflix?"

Ela pensou. "Acho que, tirando as reprises de *Gossip Girl*, não uso muito."

Cain pousou a mão no joelho dela e saltou da bancada. Depois estendeu a mão. "Vem."

"Aonde?"

Seus olhares se encontraram por um momento, então Coco soltou um latido animado do sofá, a cabecinha na beirada como se dissesse: *senta aqui, é confortável!*

Cain baixou a mão que havia estendido para ela, mas, antes que Violet pudesse se arrepender de ter perdido a chance de tocá-lo, ele a segurou pela cintura e a colocou no chão com facilidade.

Instintivamente, ela firmou as mãos nos braços dele, enquanto os pés, dentro da meia-calça, tocavam o piso de madeira. Levantou o rosto para olhar para ele, que estava ainda mais alto do que o normal, e ela, sem os saltos de sempre para amenizar a diferença de altura.

Violet se sentia muito pequena e frágil. Ele parecia muito alto e forte.

A fêmea. O macho.

Certo.

Cain recuou depressa, soltando-a como se tivesse se queimado, antes de acenar bruscamente para a televisão. "Escolhe alguma coisa, menos filmes com legenda e sotaque inglês. Vou trazer mais vinho."

Ela foi até a mesa de centro, procurando o controle remoto. "Certo, então posso vetar filmes sangrentos."

"Combinado. Também veto qualquer coisa com beijo."

Ela arfou de horror, enquanto pegava o controle e se virava para a enorme tela plana. "O beijo é a melhor parte de qualquer filme."

"Não." Ele encheu a taça dela e pegou outra cerveja. "Não é a melhor parte dos filmes, nem a melhor parte da vida real."

"Qual é então?"

"Cenas de luta e sexo."

"Nos filmes? Ou na vida real?"

"Nos dois."

Ela pensou um pouco a respeito, então balançou a cabeça. "Mas sexo é melhor com beijo", argumentou, surpresa e encantada por sequer se ouvir tendo aquela conversa. Era divertido estar perto de Cain quando ele não se fechava atrás de muros. Quando parecia estar se divertindo, até.

"Acho que você deve estar fazendo sexo com os caras errados", comentou ele, aproximando-se para entregar a taça de vinho.

"Ou você está beijando as mulheres erradas", rebateu Violet.

Estreitando os olhos brevemente, ele tocou o gargalo da garrafa de cerveja na taça de vinho dela, num brinde silencioso, e se jogou no sofá. "Talvez."

O ar entre os dois parecia elétrico, mas ninguém mencionou o beijo da outra noite. Nem Cain deu início a um repeteco.

Violet fez muita força para ficar feliz com isso.

Violet acordou com uma cãibra desconfortável no pescoço e uma compreensão instantânea de que não estava em seu quarto. Não havia lençóis de seda. Nenhum edredom macio. Estava de vestido, em vez da camisola de sempre e...

Havia um homem sob sua cabeça, e uma cachorrinha em seu colo.

Ela ficou imóvel diante da constatação, instintivamente não querendo acordar nenhum dos dois até se recompor.

Sentiu o coração dele batendo sob a palma da sua mão, sentiu a suavidade reconfortante do tecido gasto de uma camiseta contra sua bochecha.

Cain.

A névoa do sono se dissipou, e os acontecimentos da noite voltaram à sua memória. Lembrou de ter ido até ali e encontrado sua cachorrinha. Do vinho. Da maratona de filmes de ação. De se empanturrar de macarrão. Ela tinha bebido um pouco de vinho, ele, algumas cervejas, e os dois simplesmente... ficaram ali.

Falavam quando tinham vontade. Ficavam em silêncio quando preferiam. Ela se lembrou de ficar com sono, se sentindo mais contente do que em anos...

E adormecera. No sofá de um estranho.

Só que ele não era estranho. Cain estava se tornando... importante.

A televisão estava desligada agora, e o silêncio imperava na sala. Violet sentiu como se pudesse ouvir cada batimento cardíaco, os dele e os dela.

Coco mexeu-se sonolenta em seu colo, e Violet passou a mão nas costas dela, mas, tirando isso, não se moveu. Ainda não. Cain a envolvera com o braço durante o sono, pousando a mão pesada em sua cintura, como se a tivesse agarrado por instinto e depois a segurado perto de si.

Era fácil demais se imaginar acordando daquele jeito todo dia.

Assustada com o pensamento, afastou-se de Cain, levantando cuidadosamente o braço dele para sair. Coco levantou-se em protesto e, indignada, passou do colo de Violet para o de Cain, onde se aninhou novamente.

Ele não acordou por completo, mas deve ter sentido a presença de Coco, pois a mão que segurava Violet foi protetoramente para a cachorrinha. Violet quase gemeu de fofura.

De pé, ela caminhou cuidadosamente sobre o piso de madeira, ainda de meia-calça, pegou os sapatos e tirou o telefone da bolsa para verificar a hora: 4h45 da manhã. Estava muito mais perto da hora em que normalmente acordava do que quando ia para a cama. O despertador ia tocar às seis.

Violet levou os sapatos até a porta, planejando calçá-los no momento em que estivesse fora do apartamento, para não acordá-lo com o barulho dos saltos batendo no chão.

Ela virou-se para olhar Cain e Coco, desejando que o homem tivesse um cobertor com que pudesse cobri-lo quando fosse embora. Então fez uma anotação mental para comprar um para ele.

Dormindo, suas feições ficavam mais suaves. O mesmo devia valer para a maioria das pessoas, ela supôs, mas isso ficava mais evidente com alguém tão cauteloso e masculino quanto Cain. Com os cílios longos e curvilíneos descansando sobre o rosto, escondendo o cinismo rude de sempre em seus olhos, Cain parecia quase angelical, ainda que, por natureza, estivesse mais para Lúcifer.

O cabelo soltara-se do elástico, e havia mechas emoldurando a mandíbula forte e roçando os ombros. Ela então desviou o olhar para a barba. Não pela primeira vez, perguntou-se como seria tocá-la. Seria áspera? Dura? Macia?

Violet mordeu o lábio ao perceber que aquela poderia ser sua única chance de descobrir. Seria terrivelmente invasivo tocar alguém durante o sono, sem que a pessoa soubesse, e ainda assim...

Respirou fundo e voltou até o sofá. Estendeu a mão lentamente, aproximando-se cada vez mais do rosto dele, até que as pontas dos dedos tocaram de leve sua bochecha.

Ela ficou imóvel, esperando para ver se ele tinha acordado, mas Cain não se mexeu. Violet moveu a mão suavemente, percebendo que sua barba tinha uma textura diferente do que imaginara. Era macia, quase sedosa, quando ela deslizava os dedos até o queixo, mas arranhava quando os trazia para cima, na direção contrária à do crescimento dos pelos.

Pesquisa concluída, Violet ordenou a si mesma que pegasse a cachorra e saísse dali. Em vez disso, ficou onde estava, a mão em seu rosto numa leve carícia.

Dedos longos e fortes se fecharam em torno de seu pulso, e Violet arfou, a respiração saindo num sopro.

Eles se encararam. Ele piscou algumas vezes os olhos castanhos ainda sonolentos. Ela esperou sua raiva se manifestar, enquanto mentalmente tentava arrumar uma explicação plausível para estar tocando o rosto dele, feito uma maluca, enquanto ele estava vulnerável, dormindo.

A raiva, no entanto, não veio. Ele ficou completamente imóvel, ainda segurando o pulso dela, com a mão na bochecha dele. Violet queria saber o que ele estava pensando. Queria saber o que se passava por trás daqueles olhos escuros e cautelosos. Queria *conhecê-lo*.

"Precisa de ajuda para voltar para casa?", ele perguntou junto à sua mão, com a voz rouca de sono.

"Não." A resposta saiu como um sussurro, e ela tentou novamente. "Não, tem bastante táxi por aqui. Vou ficar bem."

Ele começou a se mexer como se fosse acompanhá-la, mas ela fez que não.

"Não. Estou bem. De verdade."

Cain hesitou, então concordou. "Me manda uma mensagem quando entrar no táxi. E outra quando chegar em casa."

Ela sorriu de leve diante do tom de voz protetor. O Cain sonolento, com a guarda baixa, era... atraente. "Pode deixar."

Violet lentamente afastou a mão, e ele apertou o pulso dela num reflexo, antes de soltá-la.

Ela pegou a cadela, foi até a porta e calçou o sapato antes de buscar o casaco e a bolsa. A bolsa era pequena demais para carregar Coco, então Violet manteve a cachorrinha adormecida recostada em seu corpo e ergueu a outra mão para dar tchau para Cain.

Não conseguiu pensar em nada para dizer. Obrigada? Boa noite? Bom dia? Tá sentindo o mesmo que eu?

Não perguntou nada disso, porque a sonolência havia sumido dos olhos dele e fora substituída pela vigilância circunspecta de sempre.

Violet saiu e fechou a porta com um clique silencioso.

Lá fora, a madrugada estava tranquila, os bares tinham fechado uma hora antes, e até os festeiros mais convictos estavam em casa, na cama. Ou na cama de outra pessoa.

Como imaginava, não teve dificuldade para conseguir um táxi na frente do prédio de Cain. Abriu a porta, parando por um momento antes de olhar para o apartamento dele.

Na escuridão, não dava para ter certeza, mas pensou ter visto a sombra de um homem olhando para ela da janela do quarto andar.

Violet entrou no táxi e, depois de dar ao motorista seu endereço, pegou o telefone para escrever para Cain, enquanto Coco se acomodava em uma bolinha de pelo em seu colo. No táxi.

A resposta foi instantânea. Eu sei.

Violet sorriu. Então, *era* ele olhando para ela. Psicopata.

Diz a mulher que estava me observando dormir.

Ela sorriu ainda mais, surpresa ao descobrir que não sentia a menor vergonha. Confesso que estava curiosa em saber como era a sua barba.

E?

E agora eu sei.

Deu uma risadinha diante da própria resposta tímida, então cobriu a boca de surpresa ao se ouvir. Quem *era* aquela mulher flertando por mensagem?

Hmm.

Violet franziu a testa para a resposta enigmática. Droga. Ele era melhor do que ela naquele jogo. Estava doida para saber o que ele estava pensando.

Ela não respondeu até chegar em casa. Só quando entrou em seu apartamento foi que escreveu para Cain, para avisar que estava em segurança.

Ótimo. Boa noite, duquesa.

Boa noite. Ou bom dia.

É alguma coisa boa.

Violet sorriu ao entrar em seu quarto. Era, de fato, alguma coisa boa. Só não tinha certeza do quê.

16

Violet agradeceu a recepcionista com um aceno de cabeça quando a moça indicou a mesa. Em seguida, atravessou a churrascaria elegante no centro da cidade, em direção ao grupo já sentado.

Era meio-dia de uma segunda-feira, e todas as mesas estavam ocupadas para o almoço executivo. Por fora, Violet estava absolutamente em casa. Sabia como se vestir, como caminhar, como educar as feições para produzir uma expressão amigável, mas não muito. Tudo isso para criar uma aura de "pode vir falar comigo, mas, *na verdade*, não venha falar comigo".

Hoje, no entanto, havia algo errado. Estava com o uniforme de sempre. O cabelo escovado e brilhante, um vestido marrom discreto mas atraente, da mesma cor dos sapatos, e uma bolsa terrivelmente cara.

Mas, em vez de lhe servir de armadura, hoje aquilo parecia uma fantasia.

Não por causa das roupas em si, mas porque a mulher dentro delas não se sentia mais tranquila e resignada. Sentia-se revigorada e animada com a vida, à beira de *alguma coisa*, embora não soubesse bem o quê.

Por outro lado, sabia que não estava animada de estar *ali*, naquele restaurante, naquele dia, com aquelas pessoas. Certamente não era a primeira vez que Edith a convidava para almoçar num dia de semana, mas dessa vez o convite parecia tenso e carregado, embora a CEO da Rhodes não tivesse oferecido nenhuma pista do que se tratava.

A preocupação fez seus passos desacelerarem ligeiramente, enquanto avaliava os rostos das pessoas sentadas ao redor da mesa. Já esperava Edith, claro. E sabia que Jocelyn Stevens e Dan Bogan, ambos membros do conselho da empresa, estariam lá.

Mas um homem estava inesperadamente ausente: Cain.

E outro, inusitadamente presente: *Keith*.

Dan e Keith se levantaram quando ela se aproximou, e o cavalheirismo era tão entranho neles quanto o sorriso falso de Violet.

Ela ficou apreensiva ao encarar Keith, procurando nele algum sinal de mágoa com o término recente. Ele apenas sorriu calorosamente e puxou a cadeira para ela, como fizera centenas de vezes antes.

Pensou então que deveria se sentir aliviada por ele estar lidando tão bem com o rompimento, deixando claro que não havia uma rixa entre os dois. Mas Violet não pôde deixar de se perguntar: *Não era para haver ao menos um toque de constrangimento?*

O que dizer de um relacionamento que terminava sem causar a *menor* comoção?

"Violet, que bom ver você de novo", começou Jocelyn. "É muita gentileza sua tirar um tempo para vir almoçar conosco hoje."

"Claro, é um prazer", Violet mentiu com facilidade, dando um gole na água gelada e olhando sutilmente para Edith, tentando desvendar o que estava acontecendo. Mas a mulher não correspondeu o olhar, e Violet ficou assustada em ver como Edith parecia frágil e cansada.

A conversa mudou quase imediatamente para as casualidades de sempre: o tempo, como tinha sido o fim de semana e palpites para o próximo Oscar.

Violet participou, falando todas as coisas certas, ainda que, a cada novo assunto mundano que surgia à mesa, sua irritação e impaciência com a situação aumentassem um pouco.

Fala logo, queria gritar, embora mantivesse a expressão cuidadosamente agradável.

Por fim, quando a sopa e as saladas foram servidas, Dan Bogan deu um basta nos rodeios.

Violet não o conhecia bem. Não porque não o tivesse visto dezenas de vezes ao longo dos anos, mas porque não tinha certeza se havia muito para conhecer. Dan era um dos membros mais antigos do conselho e amigo íntimo do falecido marido de Edith. Era também gentil com Edith, mas ela sempre considerara a amizade mais uma questão de conveniência e interesses compartilhados do que de afeto genuíno.

Violet nunca tivera opinião formada a respeito do homem. Mas, naquele momento, não gostava dele.

"Então, Violet", começou Dan, com um sorriso plácido. "Em primeiro lugar, acho que falo por todos nós ao dizer que você fez um ótimo trabalho com Cain."

Violet forçou um sorriso, mas o "elogio" a incomodou. Cain não era uma casa para ser reformada, ou uma tarefa de trabalho. Era um ser humano.

"Mal dá para *reconhecer* o homem de algumas semanas atrás", acrescentou Jocelyn, com um sorriso alegre. "Pelo menos no comportamento. Está muito mais polido."

Violet ouviu a ressalva em alto e bom som. *No comportamento?*

Jocelyn fitou Edith, que permaneceu num silêncio estoico, enquanto bebia seu chá gelado.

"Deixa eu começar dizendo que todo mundo aqui quer ver Cain assumindo as rédeas da empresa", interrompeu Keith.

Violet lhe lançou um olhar descaradamente desafiador. "Todo mundo?"

Keith estreitou os olhos brevemente, mas seu sorriso manteve-se firme. "Sim, Vi. Todo mundo. Mas a questão é..."

A mesa ficou em silêncio por um instante, enquanto todos davam voltas em torno do que quer que fosse o assunto, mas ninguém conseguia dizê-lo em voz alta.

Por fim, foi Edith quem reuniu coragem para ir direto ao ponto.

"Eles acham que Cain parece um lenhador."

Jocelyn deixou escapar um ruído consternado.

"Edith", objetou Dan. "Não foi isso que dissemos."

"Mas foi o que você quis dizer, Dan", ela devolveu, com um sorriso frio. "Você me mandou um e-mail de quatro parágrafos sobre o *cabelo* dele."

"A gente só acha que", argumentou Jocelyn, voltando-se para Violet, "com a votação daqui a uma semana e meia, não podemos dar bobeira. Ia ser bom se, na rodada de entrevistas, ele..."

"Que entrevistas?", Violet perguntou, olhando ao redor da mesa.

Ela sabia que *tudo* o que Cain passara nas últimas semanas era uma espécie de entrevista, mas não sabia que haveria entrevistas formais.

"É uma etapa nova no processo", explicou Dan, com gentileza. "Todos os membros do conselho vão poder fazer pessoalmente algumas perguntas a Cain, para ver se ele se encaixa no cargo."

"Entendi. E de quem foi a ideia dessa *etapa nova*?", ela perguntou.

"Não é um pedido absurdo, Vi", Keith argumentou. "Estamos falando de colocar o homem no comando de uma empresa de bilhões de dólares. É justo que os membros do conselho queiram se sentir seguros antes de entregar as rédeas a ele."

"E o cabelo de Cain vai fazer diferença?"

"As impressões importam. Você sabe disso tão bem quanto nós, caso contrário, não teria concordado com o pedido de Edith em primeiro lugar."

Ela sabia. Só odiava isso.

Violet fitou as pessoas à sua volta. "O que exatamente vocês querem que eu faça? Que o amarre e corte o cabelo dele à força?"

"Só achamos que você poderia *sugerir* um novo visual. É sempre mais fácil de engolir esse tipo de coisa quando vem de uma mulher bonita."

Dan sorria, mas, pela primeira vez na vida, Violet não sorriu automaticamente apenas para não deixá-lo desconfortável.

Ele *tinha* que ficar desconfortável. Tinha que sentir vergonha.

"Entendo", ela disse, após um silêncio significativo. "Mais alguma coisa para a qual preciso preparar Cain? Mais um obstáculo para pular? Uma bola para equilibrar no nariz?" Violet voltou-se para Edith: "É isso que você quer? Que seu legado seja determinado com base num *corte de cabelo*?"

"O que quero tem pouca relação com a realidade", declarou a mulher mais velha, num tom derrotado.

Dan e Jocelyn tiveram ao menos a decência de parecer pouco à vontade, repentinamente interessados demais em suas refeições, mas Keith voltou toda a sua atenção para Violet.

"O que mudou?", perguntou ele.

Ela o encarou com um olhar desafiador. "Como assim?"

"Por que o que estamos sugerindo agora é diferente daquilo que você tinha concordado em fazer? Você passou as últimas semanas ensinando a ele o que é caxemira, mandando tirar o cotovelo da mesa, ensinando-o a apreciar arte e a falar direito. Só estamos pedindo mais do mesmo."

"Tem razão. Não é tão diferente", ela concordou.

Keith, Jocelyn e Dan se entreolharam, surpresos.

"O que mudou não é tanto a natureza do pedido, mas minha disposição para concordar com ele", concluiu Violet. "Ajudar Cain a se adaptar a uma cidade diferente e às novas responsabilidades do trabalho é uma coisa, mas lamento qualquer papel que tive em fazer aquele homem achar que seu valor é medido pelo tamanho do cabelo dele ou se ele prefere bota a mocassim."

Violet pousou o guardanapo na mesa ao lado da tigela de sopa de lagosta intocada.

"Cain deve ser avaliado por seu mérito, e por nada além disso. Vou falar do corte de cabelo para ele, porque deve ser escolha dele jogar o jogo de vocês ou não. Mas se ele pedir minha opinião, vou ser muito franca. Acho que ele deveria mandar todo mundo do conselho se ferrar." Ela se levantou. "Agora, com licença, parece que perdi o apetite."

17

"Você falou isso mesmo?", perguntou Ashley, morrendo de rir. "Cara, como eu queria ter visto."

"Fico esperando a vergonha ou a culpa chegar", Violet comentou, sorrindo para si mesma. "Mas repetiria o discurso inteirinho de novo se tivesse oportunidade. Eles foram *horríveis*."

"Acha que Cain vai topar? Cortar o cabelo, raspar a barba, a coisa toda?"

"Não sei", respondeu Violet, com sinceridade. "Vou cumprir o prometido e falar com ele, porque acho que Cain merece ter todas as informações e tomar as próprias decisões. Mas, pode apostar, ele vai ficar uma fera. Não tanto pela sugestão de cortar o cabelo e fazer a barba. Isso não é nenhuma novidade. Mas por terem me chamado pelas costas dele para discutir sobre sua vida como se ele fosse um manequim que pode ser levado de um lugar para o outro e arrumado do jeito que os outros querem."

"Bem, se Cain decidir fazer isso, ainda bem que vou conhecê-lo agora, antes de qualquer coisa", Ashley comentou.

Ela deu o braço a Violet enquanto desciam a Quinta Avenida, então soltou um suspiro de contentamento.

"Tem coisa melhor do que matar o trabalho num dia de semana?"

O chefe de Ashley estava fora da cidade, numa conferência, e elas aproveitaram a flexibilidade na agenda para um almoço demorado — com salada Cobb, profiteroles e limonada — antes de Violet encontrar Cain no alfaiate para pegar o smoking, que precisava de ajustes.

"Você deve saber responder melhor do que eu", Violet disse à amiga, distraída por um momento por uma vitrine particularmente bonita da Tiffany. "Deve ser diferente quando é com um trabalho remunerado."

"Você poderia saber muito bem como é se parasse de ser tão teimosa", retrucou Ashley, com a repreensão gentil de uma boa amiga. "Tem anos que Edith oferece te pagar por todas as porcarias que você faz pra ela: as festas que organiza, os favores, comprar presentes perfeitos para os funcionários dela."

"Seria estranho aceitar dinheiro de Edith", respondeu Violet. "Não preciso disso. E fico feliz de poder ajudar."

Ashley não disse nada, e Violet sabia que o silêncio da amiga era uma decisão deliberada para afastá-las de uma discussão antiga. O trabalho voluntário que Violet fazia como assistente de Edith não era um ponto de acordo entre as duas.

Violet entendia a opinião da amiga, em teoria, mas também nunca tivera o menor interesse em se tornar uma funcionária oficial da Rhodes. Sempre achara que era porque não precisava do dinheiro, e trabalhar para Edith "de graça" parecia o mínimo que podia fazer para retribuir a mulher que a acolhera.

Agora, no entanto, estava se perguntando se não havia outro motivo para resistir à ideia de um salário fixo: *não queria fazer aquilo para sempre*. Na verdade, não sabia nem se queria continuar sendo assistente pessoal de Edith. Violet se perguntou se em algum nível estava resistindo àquele caminho, exigindo que ela procurasse com mais afinco o que queria da vida.

Ela estava enfim procurando. Só não encontrara nenhuma resposta ainda.

"Cain sabe que vim com você?", perguntou Ashley, curiosa.

"Não, e sei que você tá animada, Ash, mas acho melhor diminuir um pouco as expectativas", alertou. "Cain não é exatamente o tipo charmoso e fácil de conversar com o qual você está acostumada."

"Melhor ainda. Adoro torcer pela zebra."

"Cain Stone não é bem uma zebra", disse Violet. "Está mais para... um cavalo azarão."

"Hmm, que sexy", Ashley comentou, depois parou e se apoiou no ombro da amiga, ajeitando o salto do sapato. "Espera. Sapato novo, está prestes a formar uma bolha. Falta muito?"

"Mais dois quarteirões. É o mesmo alfaiate do Keith."

Ashley arqueou as sobrancelhas perfeitamente esculpidas. "*Interessante*. E o que Keith acha de você estar usando o alfaiate dele para vestir o inimigo?"

Violet deu de ombros. "A ignorância é uma bênção. Além do mais, não estamos mais juntos."

"Bem, *eu* sei o que ele vai pensar se descobrir", declarou Ashley com confiança assim que retomaram a caminhada. "Vai odiar. Já são dois cachorros atrás do mesmo osso. Pior ainda se frequentarem o mesmo tosador."

Violet riu da metáfora. "Não sei o que Edith iria achar do cargo de CEO de sua amada empresa ser comparado a um osso."

"Ah, querida." Ashley sorriu, com piedade. "O osso não é o *trabalho*. É você."

Violet revirou os olhos, indicando com a cabeça que deveriam virar na rua 56. "Chegamos."

Violet achou que teriam que esperar por Cain. Ele tinha concordado — com relutância — em encontrá-la no alfaiate às três horas, e ela e Ashley estavam um pouco adiantadas.

Cain também. Seus olhos encontraram os dela, e Violet lembrou que a última vez que o vira acordara alojada em seu peito, sentindo-se segura, quente e... *em casa.*

Ele estava de pé na lateral do prédio, recostado contra uma porta de serviço, com a bota apoiada na porta. Sem olhar para o telefone, apenas as observava se aproximar, com a cara amarrada de sempre.

Ele pousou o pé no chão e se endireitou, e Violet ouviu o ronronar de aprovação de Ashley. Cain estava com o casaco de lã cinza que eles tinham comprado juntos, além de um suéter cinza-claro por cima de uma camisa de gola. A calça jeans, notou Violet, era a velha que ele trouxera, e as botas definitivamente não tinham sido compradas em Nova York.

O misto de verniz de Manhattan com a rebeldia de forasteiro era intensamente atraente.

Ashley estendeu a mão, com um sorriso caloroso. "Você deve ser Cain."

Ele relaxou na mesma hora a expressão em geral cautelosa para apertar a mão da moça, e Violet sentiu uma pontada de inveja por nunca ter inspirado a mesma descontração instantânea nas pessoas.

Violet achava que havia parado de invejar o carisma da amiga anos antes, mas o sorriso que Cain abrira para Ashley fora mais tranquilo e gentil, segundos depois de serem apresentados, do que qualquer um que oferecera a ela em um mês, desde que se conheceram.

Mas também não havia nenhuma surpresa naquilo. A presença reservada de Violet sempre fizera com que os homens verificassem se o nó da gravata estava perfeitamente alinhado e ajustassem os punhos da camisa. Ashley era o tipo de mulher que fazia com que os homens *afrouxassem* as gravatas e arregaçassem as mangas.

Violet tinha poucas dúvidas em relação a que tipo de mulher Cain preferia.

Ashley olhou para o relógio. "Odeio ter que abrir mão de um desfile de moda gratuito, e adoro homens de smoking, mas vou ter que esperar até o Baile dos Namorados pra te ver todo arrumadinho", disse ela, piscando propositalmente de forma exagerada para Cain. "Tenho que pelo menos *fingir* que trabalhei um pouco hoje, ou meu maldito colega de trabalho vai dar com a língua nos dentes para o meu chefe sobre meu almoço demorado demais."

"Vou tirar fotos", Violet disse, balançando o celular.

"Não se você quiser que seu telefone continue inteiro", ameaçou Cain. "Aliás, você *sabe* que sou capaz de experimentar um terno de pinguim sem a sua presença."

"Aham." Ela o fitou com um olhar malicioso. "Então você *não* ligou para Zeke para dizer que não precisava do smoking no final das contas?"

Ele nem sequer pareceu se sentir culpado. "Na verdade, o que eu disse exatamente foi que eu não ia gastar centenas de dólares num terno de pinguim que vou usar uma vez a cada dez anos."

"Não sei o que é mais fofo, que você ache que vai custar só algumas centenas de dólares ou que só vai usá-lo uma vez a cada dez anos." Ashley deu um tapinha bem-humorado em seu bíceps; em seguida, soprou um beijo para Violet, antes de partir com um aceno animado.

Dentro da loja, enquanto esperavam pelo smoking, Cain pegou um cartão de visita na recepção. Esfregou a ponta do polegar no canto, como se estivesse testando a qualidade do papel.

"Achei que a gente ia almoçar", disse, abruptamente, e um tanto seco. "Você ia me entediar com uma explicação sobre como lidar com uma carta de vinhos, lembra?"

Ela congelou, confusa. "Quando, hoje? Não, não íamos. Faz dias que marquei com Ashley."

Ele balançou a cabeça. "Hoje, não. Segunda-feira."

Segunda-feira. O dia em que encontrara Edith, Keith, Dan e Jocelyn. "Surgiu um imprevisto." Ela manteve a voz leve.

"Certo. E como estava o *duque*? Tentando te reconquistar?"

"Como você sabe que almocei com..." Violet parou, percebendo a obviedade da resposta. Keith certamente deixara escapar que eles tinham almoçado juntos. E ela apostava que não tinha sido por acaso.

Talvez Ashley estivesse certa. Talvez *ela* fosse o osso.

"Desculpe a demora!" Zeke interrompeu a discussão iminente, surgindo dos fundos da loja com o smoking pendurado no braço. "Minha mulher ligou e, como ela está grávida de oito meses, vivo num constante estado de agitação de que qualquer ligação vai ser *a* ligação."

"Ah! Parabéns! Foi *a* ligação?", perguntou Violet. "Se precisar remarcar..."

"Não, não", respondeu Zeke, com um sorriso tranquilizador. "Coisa de esposa... ligou só para me lembrar que prometi afrouxar o vestido preferido dela para uma festa neste final de semana." Ele gesticulou ao redor da cintura, imitando um barrigão. "Venha comigo, sr. Stone", chamou Zeke. "Violet, querida, pode ficar à vontade, leia uma revista."

Violet obedeceu, mas, mesmo tendo aberto a última edição da *Vogue*, não conseguia se concentrar. Não *queria* ler sobre chapéus de festa reaparecendo nas passarelas. Queria uma porcaria de um manual sobre Cain Stone e seu humor inconstante, e...

Seus pensamentos confusos desapareceram assim que a cortina se abriu e Cain apareceu.

Violet ficou olhando para ele e pronunciou mentalmente uma frase tirada do vocabulário dele. *Puta merda.*

De jeans e camiseta, ele exercia uma espécie de magnetismo rústico. De terno, era todo sensual profissional. De smoking, no entanto, era tudo isso multiplicado por cem. Não porque se parecesse com Keith ou qualquer outro empresário que Violet conhecia, mas justamente porque não se parecia.

Havia um espelho de corpo inteiro em uma das laterais da loja, mas Cain nem sequer se voltou para ele. Em vez disso, fixou os olhos em Violet, aqueles olhos escuros e furiosos. Ergueu o ombro, irritado. *E então? Feliz agora?*

Violet engoliu em seco. "Você ficou... bem."

Zeke riu e levou a mão ao coração. "*Bem*? Enfia logo uma faca no meu peito; doeria menos."

"Mais do que bem", corrigiu ela, se levantando. "Moda masculina não é exatamente a minha especialidade, mas até eu posso ver..." Ela foi até ele, então gesticulou para que desse uma volta, principalmente para irritar Cain.

Ele permaneceu imóvel, principalmente para irritar *Violet*.

"Passei na prova?", ele retrucou, quando ela terminou de dar uma volta completa.

Ela se aproximou, ajustando desnecessariamente a lapela. "Vai passar."

Era difícil lembrar que o alfaiate que havia costurado as dezenas de ternos no armário de Keith também havia costurado aquele. Ela vira Keith num smoking parecido, mas não daquele jeito.

Os ombros de Cain pareciam ainda mais largos, a cintura ainda mais estreita, as pernas mais compridas. Ele parecia um espécime perfeito de Wall Street, exceto pelo...

"Cadê o elástico de cabelo?", ela perguntou.

Ele ergueu a mão e passou os dedos pelos cabelos compridos. "Deve ter caído quando troquei de roupa."

Violet poderia procurar o elástico. Ou pegar um dos muitos que sabia que tinha em algum lugar na bolsa. Mas não fez isso.

Com o cabelo preto caindo sobre a gola da camisa, a barba curta escura contra o branco imaculado, ele ficara... bonito.

Era exatamente a abertura de que ela precisava.

Violet voltou-se para o alfaiate. "Zeke, pode me dar um minuto?"

Ele fez que sim. "Estou lá nos fundos. Se precisar de alguma coisa, é só falar."

Violet esperou que ele se afastasse, então encarou Cain. "Preciso te falar uma coisa."

Ele mexeu na gravata-borboleta, irritado. "O quê?"

Ela respirou fundo. "O almoço com Keith na segunda-feira não foi pessoal, e não estávamos sozinhos. Edith também foi. Dan e Jocelyn também."

"E?"

Ele estava cada vez mais impaciente, então Violet decidiu falar sem rodeios.

"O conselho quer que eu te convença a cortar o cabelo."

Violet esperava a raiva, mas o lampejo de mágoa no rosto dele lhe deu um nó na garganta. Ele logo afastou a mágoa, no entanto, retornando à máscara emburrada, de indiferença. "Bem, pelo menos agora sei do que se tratou a outra noite."

"Não entendi", disse ela, genuinamente confusa.

"Na minha casa. Todo aquele charme, ver Netflix junto, comer macarrão, tava só me amaciando para o estágio final da minha transformação no Ken da Barbie? Desculpa, gata, mas vai exigir de você muito mais do que só uma sessão de cinema." E lhe lançou um olhar deliberadamente ofensivo.

Foi a vez de Violet ficar com raiva. E magoada. "Em primeiro lugar, aquela noite foi ideia *sua*", disse ela, satisfeita de vê-lo tensionar a mandíbula concordando, silenciosamente, com o argumento. "Em segundo, não falei que achava que você tinha que cortar o cabelo. Só falei que *eles* acham isso."

Ele bufou. "Por favor. Você tá doida pra me transformar num manequim."

"Estava", Violet admitiu. "No começo. Não mais."

"Ah", ele exclamou, com frieza. "Então você finalmente se decidiu. É o rebelde que te deixa molhada."

Violet o analisou por um bom tempo, esperou até estar mais calma, então assentiu lentamente. "Tá legal, Cain. Lá vai. Quer saber o que eu falei pra eles?" Ela se aproximou, apreciando como o olhar dele vacilou. "Falei que daria o recado. Então mandei todos eles se ferrarem."

O rosto de Cain não transpareceu nada.

Violet se aproximou ainda mais. "E sabe de uma coisa? Você estava certo a meu respeito. Eu mudo, sim, meu comportamento dependendo da companhia. Passei, sim, muito tempo da vida tentando ser o que as outras pessoas querem. Mas, quer saber, Cain? Prefiro tentar e falhar a viver que nem você."

Ele estreitou os olhos, desafiando-a a continuar, e ela continuou:

"Você é o clichê mais antigo que existe: rejeita todo mundo antes que possam te rejeitar." Então lançou a ele um olhar triste. "Parabéns. Está funcionando."

Ele não disse nada, e Violet finalmente desistiu, balançando a cabeça e pegando a bolsa. Seu sorriso não era feliz. Mas sabia que havia evoluído um pouco em termos de crescimento pessoal: dissera o que estava pensando, em vez de tentar contornar a situação.

Então, por que não se sentia melhor?

Ashley: Você é oficialmente a pior melhor amiga que existe. Como não me contou que ele era ASSIM?
Violet: Você viu a foto dele! Sabia que era bonito.
Ashley: O charme de homens como Cain não pode ser capturado em fotos. Ainda estou meio excitada aqui, e já tem uma hora que o conheci.
Violet: Bem, ele é todo seu se quiser. Pra mim, chega.

18

"Quanto tempo a gente tem que ficar?", Violet, mal-humorada, perguntou a Ashley, enquanto tirava o casaco.

"Essa fala normalmente é minha", a amiga respondeu. Ela pegou o casaco de Violet e jogou-o, junto com o seu, na cadeira "pilha de casacos", no hall de entrada de Jenny e Mike Kaling. "É sempre *você* que me diz que a gente tem que pelo menos dar uma passadinha."

"Eu sei", Violet disse, cansada, ajeitando discretamente o sutiã sem alça, que lhe estava apertando. "Vamos lá."

"Quarenta e cinco minutos, no máximo", prometeu Ashley, enquanto seguiam para a cozinha movimentada, onde os convidados haviam se reunido. "Tempo o bastante para beber alguma coisa, dar feliz aniversário pro Mike e depois sair de fininho... ah, não!"

Violet olhou para a amiga. "O que foi?"

"Acho que você foi eficiente demais apresentando Cain pela cidade." Ela acenou com a cabeça para o outro lado da cozinha, e Violet olhou por cima do ombro.

Sentiu um vazio no estômago.

Cain estava ali.

Ela deveria ter imaginado, pois o apresentara a Jenny e Mike na semana anterior, e os dois fizeram questão de convidá-lo para a festa. Mas Violet não achou que ele iria.

Muito menos *acompanhado*.

Também não estava preparada para o quão magoada ficaria. Não é como se estivessem juntos. Eles nem se davam bem. Um beijo raivoso e um filme no sofá dificilmente compensavam as dezenas de interações desagradáveis que haviam tido; a briga feia no alfaiate continuava fresca na memória.

Não havia nem quinze minutos que ela declarara a Ashley, no táxi, que estava farta de tentar entendê-lo, farta de tentar dobrar um homem que só pensava o pior dela.

Cain não poderia ter deixado mais claro que a única coisa que queria dela era distância, e ela estava mais do que satisfeita em dar isso a ele.

No entanto, ali estavam eles, na mesma cozinha, e vê-lo rindo com outra mulher... não era nada de mais! Nada de mais!

Ela só queria vomitar, só isso.

"Eca, Alison Grape. Nunca gostei dela", comentou Ashley, com nojo, vendo a loira bonita num vestido justo tocar o braço de Cain e sussurrar algo em seu ouvido, enquanto ele se inclinava para ela.

Violet também não gostava muito de Alison, embora não soubesse bem por quê. Elas tinham vários amigos em comum e se encontravam com frequência em despedidas de solteira ou chás de bebê. Eram perfeitamente cordiais uma com a outra, mas, por alguma razão, nunca tinham se dado bem o bastante ou feito qualquer esforço para se encontrar, a não ser em eventos de terceiros.

Alison e Cain, por outro lado, pareciam estar se dando muito bem.

Ele deitou a cabeça para trás, rindo bem alto e demoradamente de algo que Alison disse, e Violet virou o rosto no mesmo instante. Ele *nunca* ria com ela.

"Ai, meu Deus", exclamou Ashley, meio agoniada, enquanto servia uma taça de vinho para cada uma e enfiando uma das taças nas mãos de Violet. "Aqui, bebe isso. Vira, rápido. Rápido."

"Por quê?"

"Porque esta festa ruim acaba de ficar ainda pior."

Pior? Impossível.

"Bom te ver também, Ash", anunciou uma voz masculina perplexa.

Violet se virou e confirmou o que Ashley acabara de dizer: a festa tinha, sim, como piorar. "Oi, Keith."

Ele sustentou o olhar dela por um instante, depois se voltou para Ashley. "Pode nos dar licença um minuto?"

"Não." Ashley deu um gole no vinho e continuou no mesmo lugar, teimosa.

"Ash", pediu Violet, baixinho.

A amiga bufou. "Tá bom, dois minutos. Só porque preciso fazer xixi. Faz um favor e segura isso pra mim", ordenou Ashley, entregando sua taça de vinho a Keith. "E vê se não incomoda a minha melhor amiga ou..." Ela passou o dedo diante do pescoço.

"Foi ela que terminou comigo", Keith ressaltou.

Ashley ignorou o comentário e apontou dois dedos para os olhos e então para ele. *Tô de olho em você.*

"É melhor torcer pra ela morrer sendo sua amiga", observou Keith, brincando, enquanto Ashley seguia para a fila do banheiro.

"Não preciso torcer", comentou Violet, lançando outro olhar indiferente para Cain. Se ele tinha notado sua chegada, não demonstrou. Mas ela imaginava que seria difícil para ele notar qualquer coisa, dado que toda a sua atenção estava no decote ousado de Alison.

"Você está incrível", Keith a elogiou, e Violet se forçou a olhar de volta para ele.

"Obrigada."

Seus olhos azuis procuraram os dela. "Estou com saudades, Vi."

Ela se ajeitou, desconfortável. "Keith..."

"Não, me escuta. Por favor", acrescentou ele, o que era bem diferente de seu jeito irritante e egocêntrico de sempre. "Estou ficando louco por não poder te ligar ou mandar mensagem. Até passei no seu prédio algumas vezes, mas me forcei a ir embora antes de bater na porta. Queria te dar espaço."

O olhar suplicante e teimoso fez soar um alarme na cabeça de Violet. Ashley podia terminar *logo* aquele xixi.

"Agradeço, Keith, mas a questão não é espaço, é mais..."

"Eu me importo com você, Violet", ele interrompeu, com uma expressão séria dessa vez. "Não percebi o quanto até você não estar mais lá, e sei que isso é péssimo da minha parte. Mas preciso que você saiba: vou esperar. Se você mudar de ideia, se me der outra chance, vou estar aqui. Sempre. Não importa o que aconteça."

Violet se calou, desconfortável, ciente do quanto aquilo confirmava o que Edith dissera no outro dia. Keith *era* um cara que estaria lá. Imperfeito, talvez, mas estaria lá.

O oposto do que Cain Stone estava oferecendo, que não era nada.

Ela olhou de relance e o viu conversando com Jenny e Mike, com Alison ainda a tiracolo.

De repente, tudo aquilo era demais. Cain estava fazendo exatamente o que ela tentara ajudá-lo a fazer: se encaixando no seu mundo.

Então, por que ela se sentia como a estranha ali?

E, pela primeira vez em sua vida adulta, não conseguiu reunir a motivação para fazer e dizer a coisa certa, para continuar ali aturando o discurso morno de Keith, quando queria estar em qualquer outro lugar.

Violet não se importou que pudesse ser rude, não se importou que houvesse testemunhas.

Ela só queria estar em qualquer lugar que não fosse ali, com aquele homem, naquela casa...

"Eu... com licença. Preciso de um pouco de ar", anunciou, passando por Keith e seguindo para o pátio. Estava frio lá fora, mas ela sabia de outras festas que os Kaling tinham aquecedores instalados na varanda.

O pátio estava menos lotado do que a cozinha, mas ela também não estava sozinha. Seguiu até um trio de vinte e poucos anos, não porque os conhecesse, mas porque estavam amontoados sob o aquecedor.

A única mulher no grupo sorriu quando Violet se aproximou e moveu-se ligeiramente, para abrir espaço, antes de voltar à conversa. "Vocês *viram* o cara?", ela perguntou aos amigos. "Tinha ouvido dizer que ele tinha um visual próprio, mas achei que era exagero."

"Participei de uma reunião de projeções com ele, ontem à noite", comentou um dos homens, de um jeito meio arrogante. "O cara não falou uma palavra o tempo todo, ficou só olhando atentamente para o que todo mundo falava, feito um cachorro tentando desesperadamente entender o que o dono está dizendo, mas o cérebro do coitado é muito pequeno."

Todos riram, e o outro homem entrou na conversa. "Você não acha mesmo que ele vai assumir, acha? Só porque é o neto perdido da velha? Que coisa de novela."

Violet ficou imóvel quando registrou as palavras. Eles só podiam estar falando de Edith e Cain.

"Ah, não tem a menor chance de ele conseguir o emprego, mas não dá pra culpar a mulher por tentar", respondeu um dos fofoqueiros, muito seguro de si. "Se fosse eu, também ia querer manter tudo na família. Faria de tudo pra deixar o cara *pensando* que ela tá tentando ajudar, pra depois ter alguém para visitá-la no asilo. Mas, na hora do vamos ver, ela vai fazer o que for melhor pro negócio."

O ressentimento que falar com Keith despertara em Violet por nunca se indispor com ninguém, por sempre fazer a coisa certa, aflorou com força total. Ela podia estar furiosa com Cain, e ela própria também podia questionar a determinação de Edith em colocar Cain no controle da empresa, mas não ia ficar de braços cruzados, evitando educadamente o confronto, enquanto três estranhos falavam de pessoas importantes para ela como se eles fossem participantes de um reality show.

Violet deu um passo na direção do grupo, sabendo que seus olhos estavam brilhando de raiva, mas não ligando a mínima. "E o que *você* acha que é melhor pro negócio?"

Três pares de olhos assustados voltaram-se para ela, em pânico primeiro, depois em chacota mal disfarçada, uma vez que não a consideraram digna de importância.

"Desculpa", disse um deles, nem um pouco arrependido. "A conversa é só entre nós três aqui." Ele gesticulou com sua cerveja para os amigos.

"Conversa?" Violet inclinou a cabeça, fingindo dúvida. "Ou fofoca?"

"Hum, sem querer ofender", começou a mulher, numa falsa simpatia. "Mas você nem sabe de quem ou do que a gente tá falando."

"Não sei?", ela perguntou com tanta frieza e segurança que a mais jovem chegou a piscar, e sua ousadia deu lugar ao nervosismo. "Escutem a opinião de alguém mais familiarizado com a situação do que vocês três subordinados", declarou Violet. "Se Edith está considerando Cain Stone como CEO é porque ele tem mais cérebro, integridade e civilidade em um único fio de cabelo do que vocês três juntos."

"Que..." O restante da frase do sujeito se transformou num resmungo bêbado.

"Alguém aqui é membro do conselho da Rhodes?", Violet perguntou, retoricamente, já que conhecia todos os nomes importantes da empresa, e nenhum daqueles pirralhos estava entre eles. "Não? Ninguém? Que coisa. Bem, um último aviso. Divirtam-se aqui na mesa das crianças, porque é o mais longe que qualquer um de vocês vai chegar na empresa."

Violet sempre quis dar uma meia-volta dramática, e o fez ali, feliz de ter escolhido um vestido que acrescentava um pouco de elegância ao gesto.

Começou a se afastar do trio boquiaberto e parou de repente ao ver um homem recostado no parapeito, segurando uma garrafa de cerveja com a ponta dos dedos, uma expressão neutra no rosto.

Ele levou a garrafa aos lábios e ergueu as sobrancelhas para ela. "Belo discurso, duquesa."

Certo. Ele tinha ouvido.

"Merda", ela murmurou.

Cain apertou os lábios num quase sorriso ante o palavrão tão inusitado.

"Estou brava com você", ela retrucou, de um jeito um tanto infantil, arrancando a cerveja da mão dele e dando um gole. Contradizendo as próprias palavras, em vez de ir embora, ela se aproximou e parou do lado dele. Os dois se recostaram no parapeito, lado a lado, ombro a ombro, observando a festa juntos, como se não saísse faísca toda vez que se encontravam.

"Com razão", Cain comentou.

Violet lançou um olhar desconfiado para ele. "Então, você reconhece que foi um idiota no alfaiate?"

Ele fitou os destinatários da reprimenda irritada de Violet, mas ela tinha a impressão de que ele não os estava vendo de fato.

"Não só no alfaiate", completou Cain, calmamente.

"Isso não soa como um pedido de desculpas."

Ele sorriu levemente, estendendo a mão para pegar a cerveja de volta. "Então, talvez você não esteja ouvindo direito."

Violet disse a si mesma para entrar de novo na casa, para encontrar Ashley. Até Keith seria mais seguro agora. Mas seus pés não se moveram, como se seus instintos idiotas preferissem ficar ali fora com um homem que despertava sua raiva a se juntar às rodas de conversa mornas que a esperavam lá dentro.

"Vi você conversando com o duque", ele comentou, interrompendo seus pensamentos.

Violet estava prestes a dizer que não era da conta dele, mas algo em seu tom a deteve. Por trás da ironia de sempre, havia um toque de seriedade. De... vulnerabilidade?

"Vi você conversando com Alison", ela respondeu.

Conversando. Flertando...

Cain ergueu um ombro e depois se virou ligeiramente para ela, que estava de perfil. "Você e o duque por acaso voltaram? Ele parecia um namorado apaixonado."

Violet pegou a cerveja de novo, sem olhar para ele. "Não."

"Mas, por ele, teriam voltado."

Ela fez um ruído evasivo.

"Ele quer, mas você não", concluiu Cain.

Violet deu outro gole na cerveja, um pouco surpresa de achar o gosto bom. Nunca se imaginara bebendo cerveja, mas gostou da leve efervescência na língua e do peso da garrafa nas mãos.

Ele não falou nada sobre Alison. Não que ela estivesse esperando uma resposta. Estava começando a *conhecer* o homem. Entender que ele...

"Não sei o que quero", disse Violet, descascando o rótulo da garrafa com a unha.

Sem aviso, Cain deslizou a mão pela nuca de Violet, puxou seu rosto e a beijou.

Seus lábios exploraram os dela com ousadia, firmes e quentes. O beijo parecia dizer tudo que ele não diria em voz alta, mas era como um código que ela não conseguia decifrar por completo.

Cain se afastou e se endireitou, soltando Violet tão subitamente quanto a segurara. Ele sorriu descaradamente e pegou a cerveja de volta. "Não ligo para Alice."

"Alison."

"Tanto faz."

Ela revirou os olhos. "Acho que não é nenhuma surpresa que você não saiba o nome dela. Nem sei se sabe o *meu*."

Ela nunca o ouvira chamá-la de outra coisa que não o debochado *duquesa*.

"Eu sei. Claro que sei."

Violet olhou de canto de olho para ele. "Vamos falar desse beijo ou ignorar que nem o último?"

Ele levou a garrafa aos lábios, sorrindo. Mas não disse nada.

19

"Ah, graças a Deus você chegou", exclamou Alvin, já estendendo a mão para tirar Coco da bolsa Chanel de Violet.

"Vim assim que recebi sua mensagem. O que aconteceu?", ela perguntou, avaliando-o disfarçadamente para descobrir se era uma suposta infecção bacteriana, um hematoma que indicava cirrose, uma mancha no braço que estava coçando e ele interpretou como sintoma de uma doença rara do sangue...

Então ela se assustou com vozes altas e raivosas vindo da sala de estar.

"Foi *isso* que aconteceu", Alvin declarou.

"Nossa", Violet espantou-se. Não ouvia gritos na casa de Edith desde... sempre. "É melhor eu entrar e..."

A porta se abriu, e Cain saiu feito um furacão. Parou ao ver Violet.

Estava com o cabelo solto sobre os ombros, os olhos furiosos, os ombros curvados como se estivessem prontos para uma luta. Ou talvez já no *meio* de uma luta, Violet pensou, quando Edith chegou à porta, muito exaltada.

Violet nunca vira Edith daquele jeito, despejando toda sua raiva e desaprovação ao neto.

"Se você for embora agora, vai desfazer todo o nosso trabalho", ela exclamou, o tom parecendo um chicote, tamanha sua frustração.

"Não vou embora para sempre", retrucou ele. "Só uns dias. Você e a empresa sobreviveram vinte e poucos anos sem mim, acho que aguentam três malditos diazinhos."

"A votação é daqui a *uma semana*", argumentou Edith. "É um momento decisivo. Se você se afastar, o conselho vai achar que não está priorizando o cargo. Que ainda..."

"Ainda o quê?" Cain voltou-se para a avó. "Que ainda sou um pé-rapado do *bayou*? Um preguiçoso?"

Edith chegou a dilatar as narinas. "Não podemos deixar que eles te enxerguem como alguém que abandona as coisas. Ou que vai embora por capricho."

"Que *abandona* as coisas." Cain colocou as mãos na cintura. "Ou seja, eu não posso abandonar as *suas* prioridades. Porque pra você tudo bem eu ter largado toda a minha vida em New Orleans. Você não teve o menor problema em me pedir pra largar o *meu* negócio, os meus amigos, os meus colegas..."

"Tenho certeza de que as pessoas são capazes de carregar caminhões muito bem sem a sua supervisão cuidadosa."

Violet estremeceu. Era uma coisa horrível, arrogante de se dizer. Ela sabia daquilo antes mesmo de a expressão de Cain se tornar estrondosa.

"Sobre uma coisa você está certa. Meu time é mais do que capaz", disse ele. "Mas você não é assim tão esperta se acha que vou deixar a equipe sozinha na correria do Mardi Gras enquanto fico sentado numa sala de conferências elegante bebendo espresso italiano."

"Bem, então você pode muito bem dizer adeus para a empresa", concluiu Edith. "Porque sentar em salas de conferências elegantes é o que fazemos."

"Faça isso sem mim por três dias. Três dias, é só o que estou pedindo."

Edith bufou e ficou surpresa quando finalmente percebeu a presença de Violet.

Mas, em vez de parecer envergonhada por Violet ter testemunhado a briga, a mulher ergueu um dedo acusador e apontou para Cain. "Fala pra ele", ela ordenou. "Fala que ele não pode ir."

"Não vou fazer isso", disse a jovem, baixinho.

Edith começou a assentir, mas ficou boquiaberta quando registrou as palavras de Violet. Seria difícil saber quem ficara mais surpreso: Edith ou Cain.

"Semana que vem começam as entrevistas", insistiu Edith, com a voz mais suplicante do que irritada agora. "Ainda nem começamos a nos preparar. Consegui convencer alguns dos assistentes dos membros do conselho a me passarem as perguntas que eles vão fazer, mas..."

"Então me dê as perguntas", disse Cain. "Posso ler no avião."

"Não é o mesmo que praticar ou ter alguém por perto para explicar as idiossincrasias de cada pessoa."

"Bem, vai ter que ser assim, Edith", disse Cain com gentileza, o tom surpreendentemente paciente. "Porque não vim aqui para pedir sua permissão, só tive a cortesia de avisar pessoalmente que vou ficar fora até quarta-feira."

A empresária soltou um ruído baixo de irritação, e Violet não pôde deixar de sorrir, porque era um barulho que nunca a ouvira fazer antes, mas que, mesmo assim, lhe era familiar. Será que Cain percebia o quanto se parecia com a avó naquele momento?

Edith voltou-se para Violet, que afastou na mesma hora o sorriso do rosto, mas não antes de Edith fitá-la com um ar especulativo. Ela olhou de volta para o neto.

"Leve Violet com você", ordenou.

"O *quê?*", exclamaram Violet e Cain, ao mesmo tempo.

Edith já assentia, como se estivesse tudo decidido. "Violet conhece todos os membros do conselho. Com as dicas dela, você vai ter todos eles na palma da mão."

"Não quero ninguém na palma da minha mão. E é Mardi Gras, Edith. Mesmo que eu *quisesse* perder meu tempo treinando para a entrevista, e não quero, não tem a menor chance de encontrar um quarto de hotel num raio de oitenta quilômetros a essa altura."

"Então, ela fica na sua casa."

"De jeito nenhum", Cain rebateu.

Violet desviou o olhar depressa, para que ele não percebesse o quanto a rapidez de sua rejeição a magoara.

Ele notou assim mesmo, e argumentou baixinho:

"Minha casa é pequena, duquesa", disse, rispidamente. "Posso dormir no sofá, mas ainda assim a gente ia ter que dormir no mesmo cômodo. Você não ia ter privacidade."

Eu não me importaria.

"Não seja tão puritano, Cain", disse Edith.

Violet soltou uma risada surpresa, e Cain observou as duas com um olhar sombrio.

"Não sou puritano", disse, irritado, ajeitando o cabelo. "Só estou dizendo que vou passar quase o tempo todo trabalhando. O que ela vai fazer lá?"

"Ela é uma garota crescida, pode se divertir sozinha", Edith insistiu.

"Ela também pode falar por si própria", interrompeu Violet.

Edith abriu a boca, irritada com a interrupção, depois assentiu. "Claro. Diz pro Cain que você quer ir a New Orleans."

Violet balançou a cabeça, divertindo-se com a arrogância da outra. Então olhou para Cain. "Quero ir para New Orleans."

"Tá vendo", exclamou Cain, erguendo os braços em triunfo ao se virar para Edith. "Ela..." Então voltou-se para Violet, atordoado. "*O quê?*"

Ela demonstrou indiferença, como se não tivesse acabado de lançar uma bomba, chocando todos na sala, inclusive a si mesma. Principalmente a si mesma. Mas quanto mais se impunha em suas decisões, melhor se sentia. "Nunca fui. Gostaria de conhecer."

Ele não parecia acreditar. "É sujo, bagunçado e barulhento. Principalmente no Mardi Gras."

Violet riu. "Uau, que jeito de promover sua cidade. Achei que você gostasse de lá."

"É o melhor lugar do mundo", ele declarou, sem hesitação. "E o melhor *jazz* do mundo."

"Ei." Ela levantou o dedo, num aviso simulado. "Vai com calma. Esse título pertence a Nova York."

"Você não pode dizer isso se nunca foi a New Orleans."

Violet ergueu as sobrancelhas, vitoriosa; ele tinha acabado de entrar no lado errado da discussão.

"Essa você perdeu", Edith disse a Cain, alegremente.

Ele se virou lentamente para a avó com um olhar mordaz, embora houvesse uma pitada de diversão ali que era quase comovente.

Edith pigarreou. "Acho que vou pedir um coquetel ao Alvin."

Ela tocou carinhosamente o antebraço de Cain ao passar, dando um tapinha de leve, e Violet sentiu um aperto no coração quando ele pousou a mão sobre a dela por um instante.

Com Edith fora da sala, Cain se voltou para Violet. "Quer mesmo fazer isso?"

"Digamos que estou precisando de férias. E também estou precisando *muito* viver de forma mais espontânea. Mas...", ela acenou com a cabeça para onde Edith estivera, "... você sabe que ela está tentando manipular a gente, não sabe?"

Cain deu um passo em sua direção, passou o braço em torno de sua cintura e espalmou a mão em suas costas, puxando-a. "Ninguém me obriga a fazer nada que eu não queira, duquesa."

Cain baixou o rosto, perto do de Violet o suficiente para que ela pudesse sentir a respiração dele nos lábios, perto o suficiente para fazê-la arder de desejo.

Então a soltou e deu um passo para trás. "Vai fazer as malas. O voo é amanhã, às nove da manhã."

20

Sentada em sua poltrona na primeira classe, Violet tentava desesperadamente não se remexer. Nem chorar.

Apertou as palmas das mãos no colo e olhou fixamente para elas, enquanto deslizava o polegar direito sobre a unha esquerda e depois o polegar esquerdo sobre a direita.

E de novo. E de novo. E de novo. E de novo.

O avião estava passando por uma zona de turbulência, e seus dedos começaram a se mover mais depressa, pressionando as unhas cada vez mais forte, as palmas das mãos suadas, o coração batendo acelerado.

"Duquesa, o que você tá fazendo?"

Ela ergueu a cabeça, consternada ao ver que Cain interrompera o que estava lendo e olhava para ela.

"Desculpa. Sempre acho que um dia vou melhorar..."

O avião deu uma guinada repentina para a esquerda, antes de se endireitar novamente, mas não antes que ela entrasse em pânico e agarrasse a coisa mais próxima: o antebraço de Cain.

A expressão no rosto dele se suavizou ao entender. "Medo de avião?"

Ela conseguiu assentir, não totalmente pronta para soltar seu braço. E embora tivesse quase certeza de que suas unhas estavam cravando a pele dele através do suéter fino, ele não a afastou.

Cain apertou o botão para chamar a comissária de bordo, que apareceu segundos depois, com um sorriso. "Precisa de alguma coisa?"

"Mudamos de ideia sobre as bebidas", disse Cain à mulher, com um sorriso rápido. "Duas taças de vinho. Um tinto e um branco."

"Claro."

"Não é nem meio-dia", exclamou Violet, fechando os olhos com força e tentando se recompor.

"Eu sei que horas são." Ele pousou a mão sobre a dela, apertando-a de leve até que a mão dela ficasse espalmada contra o tecido macio do suéter azul. Ela relaxou um pouco com a pressão. O suficiente para abrir os olhos.

A comissária apareceu deixando duas taças na mesinha de Cain.

Ele entregou o vinho branco a Violet, que deu um gole pequeno e fitou distraída o líquido amarelado.

"Odeio viajar de avião", disse, desnecessariamente.

Ele não respondeu, só deu um gole no vinho tinto e a observou.

Violet pousou a taça na mesa dele e levou a mão às pérolas em seu pescoço. "Viajar de avião sempre me faz pensar na morte dos meus pais. Eles estavam num helicóptero, não num avião, mas a trezentos quilômetros de altitude, não parece fazer diferença."

"Me conta deles."

Violet deu um gole no vinho, sentindo-se um pouco mais segura, feliz pela distração. "Eles eram *tão* divertidos. Não que não fossem rigorosos: exigiam que eu tivesse bons modos, fizesse o dever de casa, tirasse notas boas e tudo mais. Mas minha casa era sempre o lugar para onde meus amigos iam depois da aula. Na época, eu não dava importância, mas, agora, lembro que a gente ria muito. Meus pais pareciam amar a vida de casados." Ela olhou pela janela. "Às vezes, me pergunto se não gostavam mais da vida de casados do que de serem pais."

"Você comentou que eles viajavam muito?"

Violet confirmou. "Era a vida deles. Nem sempre me deixavam em casa, mas..." Ela deu de ombros. "Passei muito tempo na casa da minha avó antes mesmo de eles morrerem."

Violet levou de novo a mão ao colar.

Ele a observou brincar com as pérolas. "Era da sua mãe?"

Violet fez que sim. "Era a coisa mais conservadora que ela tinha. Usava quase todo dia. Menos quando eles partiam em uma das suas 'aventuras'. Era assim que chamavam. Não eram viagens, nem férias. Aventuras. Ela deixava o colar de pérolas comigo. Dizia que era para eu cuidar dele até ela voltar." Sua mão caiu. "E um dia ela não voltou."

O avião deu outro solavanco que fez Violet estender a mão instintivamente para Cain de novo.

"Calma", ele murmurou, dando um aperto rápido na mão dela. "Está tudo bem, duquesa."

"Eu sei." *Acho*. Ela fechou os olhos.

Ele apertou a mão dela mais uma vez, então a soltou e pousou sua taça de vinho no braço do assento.

Cain começou a abrir o cinto de segurança, mas ela agarrou seu pulso, em pânico. "O sinal de manter o cinto de segurança ainda está aceso!"

"Vou ser rápido", prometeu ele, com uma piscadela.

E foi. Ele se levantou, abriu o compartimento superior para pegar depressa a bolsa de pano, sentou e afivelou o cinto de novo. Tudo sem que a comissária percebesse.

Violet deu outro gole no vinho, enquanto Cain pegava fones de ouvido e abria um iPad no suporte da mesa a sua frente. Enfiou um dos fones na orelha esquerda dela, antes que Violet pudesse registrar o que estava acontecendo.

Ela tirou o fone. "O que você tá fazendo?"

"A pergunta certa é: o que *nós* vamos fazer?" corrigiu ele, ligando o iPad e colocando o outro fone em sua orelha direita.

"Tá bom. O que nós vamos fazer?"

"Assistir a um filme. Pra distrair você desse negócio de avião."

"Ah, acho que não..." Ela parou quando percebeu o filme que ele escolhera. "*A princesa e o sapo*?"

"Um clássico."

"Nunca vi."

"É bom", disse ele, casualmente. "E se passa na Luisiana, então você tem que ver antes de a gente pousar."

Ela olhou para ele, esperando mais detalhes. "Tá bom, você sabe que tem que se explicar, né? Você é literalmente a última pessoa que eu esperava que conhecesse um filme da Disney."

Ele deu de ombros. "Meu melhor amigo tem uma filha de sete anos. De vez em quando eu tomava conta dela, antes de eles se mudarem para a Alemanha."

"Melhor amigo? Alemanha?"

"Sim, duquesa, eu tenho um melhor amigo. Clay é do exército. Está em Frankfurt."

O avião sacudiu com mais uma turbulência, e Cain estendeu a mão em silêncio, a palma para cima. Lentamente, Violet segurou a mão dele, enquanto o castelo da Disney surgia na tela.

No meio do filme, o piloto finalmente encontrou um trecho mais tranquilo, e não houve mais turbulências.

Cain não soltou a mão dela.

"Nunca vi nada parecido", disse Violet, admirada.

Estava de pé na minúscula sacada do apartamento de Cain, observando o French Quarter à sua volta.

Tudo parecia tão *vivo*. Nova York também era um lugar vivo, mas de um jeito agitado e apressado. New Orleans era exuberante, sem pressa. Como se a própria cidade pulsasse.

"A arquitetura é tão linda. Parece que tudo saiu meio que de um conto de fadas", ela comentou, olhando para Cain com certo orgulho.

Cain estava recostado em uma das portas duplas abertas, observando-a. "Melhor esperar até terça-feira para dar sua opinião."

"Como é o Mardi Gras?"

"Insano. Fantástico."

"Mal posso esperar", disse ela, inalando o aroma suave que parecia vir de uma padaria próxima. "Já gostei daqui."

"Sinto muito não ter conseguido nenhum quarto de hotel."

"Você me avisou que ia ser impossível", ela respondeu. "E sou eu quem deveria pedir desculpa por estar invadindo seu espaço."

"E não é como se aqui tivesse espaço sobrando."

Não era. O apartamento de Cain, como ele avisara, era pequeno. Não havia porta separando o quarto da sala. A cozinha era mais uma parede do que um cômodo, com um fogão básico de duas bocas e uma geladeira meio velha. A bancada tinha espaço suficiente para uma cafeteira, e só.

A sala de estar era um sofá, uma cadeira e um baú, que ele usava como mesa de centro. No canto, havia uma pequena mesa de jantar de madeira arranhada e duas cadeiras, ambas parecendo bambas.

E a cama. Não era uma cama enorme, mas uma cama comum de casal, sob o teto baixo e ligeiramente inclinado, com uma colcha cinza simples. A cama onde ela iria dormir.

Com ele a poucos metros de distância.

Cain notou o olhar dela, e Violet se perguntou se ele estava pensando a mesma coisa.

Ele então desapareceu e, quando voltou, estava segurando dois copos comuns, ambos cheios de um líquido borbulhante.

"Champanhe."

"Claro, pode chamar assim se quiser", ele respondeu. "Contanto que você adapte suas papilas gustativas e se prepare para algo que uma ex-namorada minha deve ter comprado por nove dólares."

"Ex-namorada?", ela perguntou. "Como se chamava?"

"Jolie."

"Claro. Quanto tempo vocês namoraram?"

"Não muito. Algumas semanas. Tivemos um caso tórrido, e ela se mudou para Birmingham, pra cuidar da avó. Dei boa sorte. Fim da história."

"Hmm, que sem graça."

"Como a maior parte da minha vida romântica."

"Não tão sem graça quanto a minha, provavelmente", murmurou ela.

Ele levantou os olhos por um momento, depois voltou a fitar a garrafa. "O que aconteceu com o duque?"

"Terminamos."

Cain entregou-lhe um copo. "Essa parte eu já entendi. Mas por quê?"

Ela cheirou a bebida enquanto refletia sobre sua resposta. Tinha um leve aroma de banana, o que não podia ser bom sinal.

"Acho que percebi que ele não era mais o que eu queria", disse Violet, baixinho.

Cain assentiu, em silêncio, e Violet não soube dizer se ficou aliviada ou decepcionada por ele não ter perguntado *o que* ela queria.

"Você está nervoso?", ela perguntou.

"Com o quê?"

"Com a votação."

Cain demorou a responder, juntando-se a ela na varanda e apoiando os antebraços na grade.

Antes de virar-se ligeiramente para olhar para ela, deixou a cabeça pender e expirou. "Eu quero isso, duquesa."

"Bem, claro", disse ela, suavemente. "Por que mais teria passado por tudo aquilo?"

"Não, quero dizer..." Ele desviou o olhar de novo. "Quero de verdade."

"Você parece surpreso."

"E estou", admitiu ele. "Quando tudo começou, queria pelos motivos óbvios. Dinheiro. Prestígio. Provavelmente um pouco de ego. E, honestamente, acho que eu queria tentar e fracassar, só para irritar Edith."

E então, olhando para ela, acrescentou:

"Além do mais, de jeito nenhum ia deixar uma princesinha arrogante de colar de pérolas e desprezo nos olhos me colocar para correr."

"Eu mereço isso. Fui horrível com você naquele dia na sala de Edith."

"Eu não fui exatamente um cavaleiro num cavalo branco também."

Ela riu. "Quando na vida você foi?"

Ele tentou não transparecer, mas deixou escapar um lampejo de dor que causou nela um aperto no peito de arrependimento.

"Ei." Ela tocou seu braço. "Era brincadeira."

Ele afastou o braço com gentileza. "Claro que não. Mas tudo bem."

"Cain..."

"Então, sim", continuou ele, com a voz um pouco alta demais. "Quero o trabalho."

Relutante, Violet o deixou mudar o rumo da conversa.

"Por quê?", perguntou, para encorajá-lo. Sentiu que ele precisava falar, embora não se sentisse totalmente à vontade para isso.

Ele deu um gole distraído na bebida. "Aquela merda me conquistou de um jeito que eu não esperava. Achei que ia ser só trabalho burocrático numa escrivaninha enorme, assinando contrato que ninguém precisava que eu lesse, mas tem muito mais em jogo."

"E você gostou."

Ele parecia querer protestar, mas concordou. "Cacete. Eu gostei, sim. Acho que gostei, é só..."

"O quê?"

Começou puxar a própria orelha, impaciente. "Não parece certo."

"O quê? O cargo? Você vai acabar aprendendo..."

"É exatamente isso. Eu não tinha que aprender antes de me oferecerem o cargo? Não tinha que merecer a posição?"

Ele parecia tão determinado que Violet não sabia o que responder.

"E, vamos ser realistas, nunca vou ser o cara em que você tá tentando me transformar. O sujeito que escolhe de verdade usar um terno sem necessidade; que corta o cabelo a cada três semanas num salão que serve cappuccino. Odeio museus, acho que caviar tem gosto de merda e não consigo imaginar que bosta as pessoas fazem em iates."

Ela sorriu. "Comem caviar e falam sobre museus."

Ele riu. "Porra. Tá vendo?"

"Então, talvez você seja um CEO diferente", ela disse. "Quebre os padrões. Invente um estilo próprio."

"Não é isso que Edith quer", retrucou ele, erguendo o copo. "Não é isso que..." E tomou outro gole.

"Que o quê?", perguntou Violet.

"Que as pessoas querem do trabalho. Não é para isso que estão me escolhendo."

Violet franziu a testa, sentindo que tinha alguma coisa que ela não estava percebendo, algo mais que ele não estava explicando.

"Como você acha que vai ser a votação na sexta-feira?", perguntou.

"Não tenho ideia."

"Qual é a sua intuição?"

Cain observou as ruas movimentadas por um bom tempo, pensando.

"Vai ser um tiro no escuro", respondeu, enfim. "Não estou puxando o saco deles, tentando convencer o conselho a votar em mim, e o seu queridinho, Keith, tá fazendo de tudo pra convencê-los do contrário."

Ele ergueu o copo de novo, então fez uma careta para o líquido e não bebeu.

"Isso tem gosto de mijo."

"É nojento", ela concordou. "Acho que vi cerveja na geladeira."

Cain sorriu. "Cerveja, duquesa?"

"Gostei muito na outra noite. Quando você me beijou", disse, corajosa.

Cain tirou o sorriso do rosto e se endireitou. Ela prendeu a respiração, torcendo para que ele tivesse entendido a dica, e, quando ele fitou sua boca, ela considerou que sim.

Mas por fim Cain se afastou e se voltou para o apartamento. "Cerveja, então. A gente pode beber enquanto pratica aquelas entrevistas malditas."

21

"Por que tudo nesta cidade é tão *gostoso*?", perguntou Violet, olhando para a comida na mesa, avaliando se conseguiria comer mais alguma coisa e, nesse caso, o que seria.

"Até a ostra frita?" Cain abriu um meio-sorriso para ela por cima de seu drinque — um Sazerac, que aparentemente era um clássico de New Orleans, mas que não conquistara Violet. Ela deu um gole, mas preferiu seguir com o vinho branco de sempre. "Achei que você tinha dito que era *abominável*."

"Isso foi antes de eu experimentar", ela admitiu. "Você ganhou. É uma delícia."

Violet não teve problemas em deixar Cain arrastá-la para fora de sua zona de conforto durante a refeição. Não havia um legume ou salada à vista, pelo menos metade do que comeram era deliciosamente frito, e ela experimentou até *crocodilo*.

Cada mordida era mais gostosa que a anterior.

"Melhor deixar um espacinho", Cain comentou. "Não comemos sobremesa."

"De jeito nenhum." Ela balançou a cabeça, decidida, levando uma das mãos à barriga. "Não posso."

"Pode e vai." Ele abriu um sorriso torto. "Aqui não. Mas conheço um lugar."

Ela olhou para o relógio. "Ainda vai estar aberto?"

"Nova York não é a única cidade que nunca dorme."

"É estranho, né?", divagou ela. "Que as duas cidades possam ter tantas semelhanças e, ao mesmo tempo, ser tão diferentes."

"Um pouco como as pessoas."

Ela o olhou, surpresa. "Que ideia mais sensível."

Ele fez uma careta e baixou a voz, dando uns grunhidos de caubói. "Futebol. Cerveja. Carne."

Ela riu. "Entendi. Muito masculino. Mas tem razão quanto a sua cidade. New Orleans tem alguma coisa de mágico, não é?"

"É." Ele não hesitou.

Violet o observou. "Você gosta daqui."

"Claro. É a minha casa."

Foi uma resposta rápida, uma reação instintiva dele, mas fez a comida no estômago de Violet se revirar de um jeito desagradável. "E Nova York não é."

Ele demorou para responder. "Não."

"Se você conseguir o emprego na Rhodes, terá que ficar em Nova York. Abriria mão da sua casa? Iria embora de New Orleans?"

Cain parecia frustrado. "Iria. Claro. A vida é cheia de sacrifícios."

"E se não conseguir o emprego?", insistiu. "Vai voltar para New Orleans?"

Ele olhou nos olhos dela. "Vou, duquesa. Vou voltar."

Ela forçou um sorriso, entendendo o que ele estava tentando lhe dizer, ainda que com mais gentileza do que esperava do homem que conhecera um mês antes: *Sem o emprego, não tem nada que me prenda em Nova York.*

"Certo", disse, meio animada demais. "Vamos ver se esse lugar de sobremesa é tão bom quanto você diz."

Violet pegou a bolsa e tirou a carteira, mas Cain a tomou de sua mão e a guardou de volta. "Nada disso."

"Vamos pelo menos dividir."

"Minha terra, minhas regras, meu bem."

Meu bem.

Violet gostou da sonoridade em seus lábios, mesmo sabendo que ele provavelmente dizia aquilo para várias, talvez ali naquele mesmo restaurante.

Não muito feliz com a ideia, distraiu-se olhando o ambiente à sua volta, uma mistura interessante de moderno e atemporal. "Gostei daqui."

"Mas?", perguntou ele, esperando a ressalva.

"Sem *mas*."

Cain não parecia acreditar. "Sério? Não vai reclamar da mesa torta, que não tem toalha de mesa, que o guardanapo é de papel?"

"Não! Não ia dizer nada disso", ela respondeu, sentindo-se um pouco magoada.

"Culpa minha", disse ele, agitando lentamente a bebida. "Você foi mais receptiva à minha cidade do que eu à sua."

"É. Verdade. Mas não vamos esquecer que Nova York tem o Central Park. Difícil competir."

"New Orleans tem os cemitérios."

Ela piscou. "*Cemitérios*? É nesse diferencial que você vai apostar?"

"Vai por mim. Vale a pena conhecer os cemitérios. Acho que dá pra fazer um tour guiado; você podia conferir amanhã, enquanto eu estiver no trabalho."

Na verdade, Violet tinha toda a intenção de ir com ele ao trabalho no dia seguinte, mas sabia que ele se oporia, e ela não queria estragar a noite discutindo, então apenas lhe ofereceu um sorriso evasivo.

Cain terminou sua bebida e pegou a carteira, de onde tirou um monte de notas, que colocou sob o prato. Ele deu a volta pela cadeira dela e a puxou para trás. "Vamos. Você vai ficar maluca."

Violet riu. "Tá bom. Mas duvido que tenha alguma coisa melhor do que aqueles bolinhos de milho com molho picante que acabamos de comer."

Cain balançou a cabeça e pegou sua mão para ajudá-la a se levantar, antes de soltá-la novamente, um pouco rápido demais para ela.

"Ah, duquesa. Prepare-se para engolir suas palavras."

"E aí?", perguntou Cain, recostando-se na cadeira frágil e lançando um sorriso pretensioso para ela.

"Eu *até* poderia engolir minhas palavras", disse Violet, fechando os olhos, enquanto mastigava. "Mas estou ocupada demais comendo isso. É divino."

"Boa descrição. Lição número um, nunca subestime o *beignet* de New Orleans."

Violet abriu os olhos e o viu pegar outro *beignet* e comê-lo em duas grandes mordidas.

"Não acredito em como este lugar está cheio a esta hora", ela comentou, dando um gole no café com leite e olhando ao redor.

"Você tem que ver como é pela manhã", ele respondeu. "Tem muita gente, principalmente os turistas, que gostam de comer *beignet* no café da manhã. Nós, locais, sabemos que o negócio é comer tarde da noite." Ele deu uma piscadinha.

"Engraçado que um lugar tenha uma clientela de turistas *e* habitantes locais. Em Manhattan, em geral é um ou outro. A Times Square com sua avalanche de forasteiros ou as espeluncas do West Village, onde só cabem seis mesas e o barman conhece todo mundo pelo nome."

"Bem, não vamos esquecer que estou *com* uma turista", disse Cain, sorrindo. "Mas não podia deixar você vir a New Orleans pela primeira vez e não te trazer no Café du Monde."

"Acho que frequentaria este lugar mesmo que morasse aqui", Violet disse, com firmeza. Então estreitou os olhos para a expressão dele. "O que foi? Que cara é essa?"

Ele sorriu de leve. "Nada. Só acredito que *viria* mesmo."

"Por que a surpresa? Esse *beignet* é a melhor coisa que já provei."

"Não estou surpreso que tenha gostado. É só que você parece tão decidida." Ele hesitou um pouco, depois levantou os olhos novamente. "Você mudou, duquesa."

"Mudei? Como?"

Ele se inclinou para a frente, fitando-a nos olhos. "A mulher que conheci era uma página em branco em que qualquer um poderia escrever de acordo com os próprios interesses. A mulher na minha frente agora... sabe o que quer."

"Sei mesmo." Ela lambeu o açúcar de confeiteiro do polegar e sustentou seu olhar, com ousadia. "Estou até preparada para lutar por isso."

Ele acompanhou com os olhos o movimento de seu polegar. Demorou-se olhando sua boca. "Saber o que você quer para o café da manhã — ou de sobremesa — é fácil. Estou falando da vida, duquesa. De coisas sérias."

"Sei do que você está falando, Cain. E como disse: sei o que quero."

Ele se recostou na cadeira, com a expressão mais cuidadosa agora. "E o que é?"

Violet demorou a responder, olhando os casais a sua volta dando pedacinhos de *beignet* um na boca do outro. As crianças agitadas, ainda acordadas já bem depois da hora de dormir. A mulher de meia-idade sozinha e parecendo perfeitamente satisfeita com isso. Os homens velhos bebendo café e rindo do que ela gostava de imaginar que era uma piada obscena.

"Nunca fui o tipo de criança que enchia a boca para dizer que queria ser médica, advogada ou presidente", começou ela, porque parecia um bom jeito de explicar.

"Meu Deus", exclamou Cain, com uma risada assustada. "Com quem você andava quando era criança? Eu me contentava em sonhar que ia trabalhar numa lanchonete de panqueca, para comer quantas quisesse."

"Pelo menos você *tinha* um sonho. Quer dizer, pelo menos sabia que gostava de panqueca. Eu não tinha nem isso! Sempre achei que um dia iria descobrir quem era, mas nunca consegui de verdade."

"Nem na faculdade? Não é na faculdade que vocês, crianças ricas, descobrem essa merda?"

"Me formei em sociologia."

Ele balançou a cabeça, indicando que apenas a palavra não significava nada.

"O estudo do comportamento humano, da sociedade, da cultura. Amava, ainda acho fascinante, mas daí a virar uma paixão, uma vocação, uma carreira..."

Ela suspirou fundo.

"E como passou a trabalhar para Edith?"

"Ela precisava de mim", respondeu Violet, automaticamente, mas com a mesma rapidez se corrigiu. "Não, não foi bem isso. Isso é o que eu digo a mim mesma, mas acho que precisava dela mais do que ela de mim. Ela sabia disso. Me deu um propósito."

"Ela precisa de você", Cain afirmou. "Talvez não como assistente ou sei lá o que você faz pra ela. Mas ela precisa de você do mesmo jeito que você precisa dela."

"Porque não temos família."

"Porque vocês *são* uma família", ele corrigiu, com firmeza.

Violet sentiu os olhos lacrimejarem um pouco, sem perceber o quanto precisava que alguém dissesse aquilo.

"Além do mais", acrescentou, animada, erguendo os olhos depois de controlar as emoções, "vai que ela arruma *outro* neto secreto e mal-humorado para colocar em forma?"

"Impossível", devolveu Cain, com segurança. "Sou único." Ele pegou outro *beignet*, analisando-o com a testa levemente franzida antes de dar uma mordida. "Então, você faria tudo de novo?"

"Tudo o quê?"

"Aceitaria o pedido de Edith para... como foi que disse? Me colocar em forma?"

Violet não hesitou. "Não. Não aceitaria."

Ele olhou para ela. "Tá sendo tão ruim assim, é?"

"Não." Sua voz era suave. "E, mesmo hipoteticamente, odeio a ideia de dizer não para Edith quando ela precisa de mim. Ela queria tanto que a empresa ficasse na família, e quero isso para ela, porque a amo. Mas ela não deveria ter pedido que você mudasse. E eu não deveria ter concordado em ajudar."

Ele baixou o rosto de novo, como se não quisesse dar o braço a torcer para o que ela acabara de dizer, mordeu o *beignet* e mastigou, pensativo.

"Certo, então você não quer ser advogada, nem presidente, e não tem a menor utilidade para o seu diploma universitário. Você tem algum plano para a vida?"

"Quero uma família", respondeu Violet, com tanta certeza em seu tom que ele parou de mastigar por um instante. "Quero um marido que me adore. Quero filhos. Três, talvez mais. Quero levá-los ao Central Park, empurrar carrinhos de bebê enquanto caminho com um Golden Retriever enorme que adora uma Coco muito cética. Quando as crianças crescerem, quero fazer piqueniques em que todo mundo briga pelo último biscoito de chocolate, e então dividimos o biscoito. Quero que minha filha atormente Edith atrás de dicas sobre como assumir o controle da empresa, quero que meu filho ame tocar piano... Aliás, *eu* quero aprender a tocar piano, mas já estou velha demais", concluiu, em tom de brincadeira.

Ele balançou a cabeça. "Discordo."

"Você já me ouviu tocando 'Heart and Soul'. Não me lembro de você rasgando elogios ao meu talento", ela brincou.

"Por falar em piano", comentou ele, erguendo o braço e girando o relógio de pulso para ver a hora. "Temos que ir, se quisermos pegar o set das duas da manhã."

"Ah, certo", ela respondeu, com um tom afetado. "O tal jazz que você diz que rivaliza com a cena de Nova York."

"Duquesa, não é só a sede do jazz que você está prestes a conhecer: você vai ao local de nascimento do jazz."

Cain a colocou de pé como fizera no restaurante, só que dessa vez demorou-se um pouco mais, avaliando-a com os olhos.

"Você merece."

"O quê, aprender piano?", ela brincou.

Ele não sorriu de volta. "Tudo. Você merece ter tudo o que quer, duquesa."

22

Depois de trinta minutos de insistência e de ameaçar jogar a cafeteira dele pela varanda se ele não cedesse, Violet finalmente conseguiu que Cain a deixasse ir com ele para o trabalho.

Até então, seu local de trabalho era tudo o que ele havia dito: barulhento, intenso e um pouco opressivo. O armazém — na verdade, estava mais para um *conjunto* de armazéns — era simplesmente gigante. Havia empilhadeiras dando ré em todas as direções, trabalhadores gritando saudações e ordens uns para os outros, mas, mesmo com seus olhos destreinados, Violet podia ver que era um caos organizado.

Não havia nenhum veículo passando de raspão pelo outro; com seus coletes vermelhos e tablets em mãos, os supervisores acompanhavam cada movimento e, pelo que ela podia ver, a sequência constante de paletes de tomate, frutos do mar congelados, embalagens de pão, pilhas de tecido... tudo chegava aos caminhões certos.

A organização rigorosa, a ausência de erros, a satisfação geral dos funcionários e o bom humor tinham também um responsável: *Cain*.

Ela sabia que ele era um dos donos, mas não o que isso significava. Não tinha entendido até um grupo de funcionários mais tagarelas contar a ela, durante um intervalo, que um dos proprietários era o testa de ferro, o homem cujo nome aparecia no letreiro da Parker Distribution. Cain, no entanto, comandava o espetáculo. Ela descobriu que, exceto no último mês, quando ele tirara uma "licença pessoal", era o tipo de chefe que trabalhava mais que os empregados. Era o cara que estava sempre por perto, pronto para ajudar a carregar um caminhão quando faltava alguém, e o chefe disposto a te ouvir quando você precisava de folga porque tinha que sacrificar o cachorro. Ele resolvia as brigas e tirava o lixo, além de ser o cara que dava a notícia ruim quando uma entrega de comida chegava com algo faltando e eles tinham que decidir entre priorizar um cliente antigo e pequeno ou um mais recente porém mais expressivo.

Violet não tinha a menor dúvida de que Cain era competente. Soube desde o dia em que o conheceu que era mais observador e pensava mais rápido do que gostaria que as pessoas soubessem.

Mas ela não imaginara que fosse tão *reverenciado*.

O mais perturbador de tudo era que ela nunca tinha parado para pensar que talvez ele sentisse falta daquilo ou que amasse o trabalho.

E estava cada vez mais evidente que *amava*.

Dava para sentir sua empolgação durante a viagem de carro, enquanto ele cantarolava a música do rádio, e na energia que pulsava dele quando passaram pelo portão.

E não era só o trabalho. Era como parecia instantaneamente relaxado ao voltar para casa. A paixão em sua voz quando apontou resquícios da tragédia do furacão Katrina, e a energia quase infantil com que tentou convencê-la das qualidades das ostras fritas e do jazz da cidade — que, em sua defesa, foram tão boas quanto o prometido, ainda que ela tenha pagado o preço naquela manhã, por causa das poucas horas de sono.

Violet começou a voltar para o escritório principal e, depois de se perder algumas vezes e pedir ajuda outras tantas, chegou à recepção, onde a recepcionista digitava e falava ao telefone ao mesmo tempo. Ela ofereceu um sorriso distraído, e então voltou a explicar a inviabilidade de uma entrega de lagostins no domingo à noite.

Violet tinha a intenção de se acomodar na sala de espera com o livro que Cain sugerira que trouxesse, mas passou a caminhar mais devagar assim que ouviu a risada dele e percebeu que uma das portas estava aberta. Não queria bisbilhotar; estava só curiosa. A sala tinha uma pequena janela, as persianas estavam abertas apenas o suficiente para que ela visse Cain recostado numa cadeira, com as botas apoiadas na mesa e rindo com uma mulher baixa e atarracada de pé diante de um quadro branco.

Ninguém percebeu que ela estava à espreita.

"Me desculpa..."

"Juro por Deus, Megs, se você se desculpar mais uma vez, está despedida", disse Cain, com um sorriso.

"Eu..." A mulher bufou. "Tá bom. É só que fiquei chateada comigo mesma. Você confiou em mim pra tomar conta das coisas. Estava indo tudo tão bem, mas... *odeio* o Mardi Gras. Parece que os hotéis e os restaurantes não sabem que acontece todo ano."

Cain riu. "Eu te disse. Mas não se estressa com isso, não. Seu primeiro Mardi Gras ia ser mesmo uma merda, e ainda passei a perna em você, viajando no seu primeiro ano."

"Você tem direito a ter uma vida, chefe."

Cain estava jogando uma minibola de basquete de uma mão para a outra, então a segurou na mão direita por um tempo e ficou olhando para ela, preocupado. "Tenho direito, sim. Só estou com medo de estar abrindo mão dela."

"Discordo", disse Megs, sentando na frente dele. "Você tá só descobrindo uma parte nova dela. Apareceu um membro da família que você não sabia que existia e agora você tem que explorar isso."

Ele voltou a jogar a bola, acrescentando um pouco mais de força ao movimento. "E se a minha família for *isto* aqui? Tem mil pessoas na minha folha de pagamento, fora as esposas e os maridos. Você, Amy, os gêmeos."

"Amy e os meninos sentem sua falta, de verdade", ela admitiu. "Jamie, então, está difícil de aturar, porque o professor novo de piano está tentando obrigá-lo a aprender Beethoven, que você falou que era chato."

"Ui." Cain sorriu, sem arrependimento.

"Mas a gente não vai embora. E se você resolver se mudar para Nova York pra sempre, a gente pode te visitar. Quer dizer, só a loja da Lego." Ela o analisou. "Você vai se mudar? Pra sempre?"

"Não depende de mim. Nem sei se vou conseguir o emprego."

"Eles seriam idiotas de não perceber que se você é capaz de entrar aqui e desenrolar em duas horas a bagunça que eu fiz no Mardi Gras, pode gerenciar qualquer coisa. Mas, caso eles sejam um bando de idiotas mesmo e você não consiga o emprego... vai voltar?"

Violet prendeu a respiração.

Ele jogou a bola um pouco mais devagar. "Não sei. Pode ser. Provavelmente."

Violet sentiu o coração afundar um pouco no peito, embora não estivesse surpresa.

"Não tem nada que me prenda lá se eu não conseguir o emprego", continuou Cain.

Seu coração afundou um pouco mais.

"E a sua avó?"

Cain grunhiu.

"Ou, talvez... a garota?", perguntou Megs, num tom de provocação. "Violet é simpática. E bonita."

"Fica quieta, Megs."

"O que foi isso que eu ouvi?" Ela levou a mão à orelha. "Definitivamente não foi uma negação, disso eu tenho certeza."

A bola parou de novo, dessa vez porque Cain a jogou em sua gerente, que se defendeu com uma risada.

Mordendo o lábio, Violet se afastou em silêncio, perdida num misto de emoções confusas.

23

"Qual é?", exclamou Violet, tentando alcançar os colares no pescoço de Cain e rindo, quando ele agarrou seu pulso. "Você não vai me dar nem unzinho? Quantos você tem aí, cinquenta?"

"Você já entendeu a regra do jogo, duquesa." Ele apontou para um grupo de mulheres risonhas, que tinham levantado a blusa, recebendo em troca um monte de colares de contas, arremessados aos seus pés de uma das varandas lá no alto.

"E *eu* te disse, é praticamente prostituição mostrar os peitos em troca de joias."

"Hmm, sinto muito que você pense assim", respondeu ele, com falsa piedade, enquanto girava as contas no dedo.

"Como *você* arrumou tantos?", ela acusou.

"Ganhei."

Para comprovar, Cain virou-se para uma das sacadas, lotada de mulheres de meia-idade, e levantou a camisa. As mulheres gritaram e o comeram com os olhos.

Violet não gritou. Mas também o comeu com os olhos.

Cain riu, enquanto chovia colar de contas a seus pés, e baixou a camisa. "Viu o que acontece quando você mostra o peito?"

"Patético."

"Anda. Só se vive uma vez, duquesa. E se este for o seu único Mardi Gras? É uma tradição da Bourbon Street."

Violet mordeu o lábio. "Não estou com um sutiã bonito."

"Já vi piores."

"Puxa, obrigada. Espera, como você viu o *meu* sutiã?"

"A gente dorme no mesmo quarto", ele ressaltou.

"É, mas tomei o cuidado de esperar você entrar no banho pra me trocar." Ela cruzou os braços e o encarou, de olhos semicerrados, mas segurando a risada.

"Hmm. A porta deve ter aberto sozinha." Ele não parecia nem um pouco arrependido.

A antiga Violet talvez se sentisse ultrajada, ou no mínimo envergonhada. A nova Violet ficou um pouco decepcionada que ele tivesse apenas espiado.

"Então, como é que é?" Ele a cutucou, apontando a varanda. "Vai arrumar uns colares ou não?"

Ela mordeu o lábio. "Não conta pra Edith."

"É, porque essa é a minha prioridade número um. Contar pra minha avó sobre todos os peitos que eu vejo."

"Você a chamou de *avó*!", ela exclamou, encantada. "É sempre *Edith* ou *aquela velha*."

"Tá bom. Tanto faz. Mas, por favor, será que dá pra não falar dela quando estou tentando dar uma olhada no que você tem dentro da camisa?"

Violet olhou ao redor para a festa alegre e ligeiramente embriagada na Bourbon Street. No dia anterior, Cain lhe dissera para imaginar a festa mais bagunçada, feliz e relaxada do mundo, e, até então, a realidade estava superando todas as suas expectativas. Os donos dos bares e restaurantes estavam distribuindo colares dourados, roxos e verdes aos montes. A rua estava praticamente coberta de colares. Tudo o que ela tinha que fazer era pegar alguns no chão.

"Se eu fizer isso, você tem que me prometer que não vai olhar", ela exigiu, virando-se para Cain. "Promete?", perguntou, diante do silêncio dele.

"De jeito nenhum." Apesar do sorriso infantil, o calor em seus olhos era masculino e inebriante.

Violet se deleitou com todas as emoções intensas que a consumiam. Ela se sentiu ousada. Corajosa. Até um pouco sexy. E embora as sensações não lhe fossem familiares, eram perfeitas; como se finalmente tivesse descoberto a própria essência.

Riu de alegria da mulher que ela descobrira em si mesma. A mulher que a encarara no espelho de manhã não estava preocupada com o banheiro minúsculo que não a deixava seguir sua rotina de cabelo e maquiagem. Não estava preocupada com a umidade da cidade que deixava seu cabelo arrepiado e a maquiagem borrada, ou com as olheiras por ter ficado até tarde nas casas de jazz com Cain.

Ela se sentia deliciosamente viva, quase tonta de entusiasmo diante do que o momento seguinte traria, e sabia exatamente quem havia causado aquela mudança. Violet pode ter decidido mudar Cain, mas estava ficando cada vez mais claro que era ela quem tinha mudado.

"Tá bom", disse, batendo no braço de Cain com entusiasmo. "Tudo bem, vou fazer isso."

Antes que pudesse mudar de ideia e perder a coragem, Violet virou-se para uma fileira de varandas e, agarrando a bainha da camiseta de seda, puxou-a para cima, revelando o sutiã branco básico. Então, tão rápido quanto humanamente possível, baixou a camiseta de novo, mas não antes de receber alguns gritos de aprovação. Ela fechou os olhos e riu quando uma dúzia de colares de contas baratas caiu aos seus pés. Um deles chegou a acertar seu rosto, mas ela não se importou.

Nunca se sentira tão boba. Tão *livre*. Pela primeira vez na vida, estava simplesmente vivendo, sem nenhuma preocupação com o que as pessoas a sua volta estavam pensando.

"Consegui", anunciou feliz, recolhendo alguns colares do chão, sem se importar que estivessem pegajosos de cerveja e sabe-se lá o quê, e colocando-os orgulhosamente no pescoço.

Por sugestão de Cain, havia deixado as pérolas cuidadosamente guardadas na mala. Tinha se sentido um pouco perdida sem elas, no começo, mas, ao tocar as contas amarelas, roxas e verdes de plástico gorduroso e barato, sorriu. Era bom ser uma Violet diferente, que podia simplesmente ser uma mulher adulta que fazia o que queria a cada momento, em vez de elaborar cuidadosamente todo o seu comportamento para se camuflar no pano de fundo e garantir que nunca incomodasse ninguém.

Cain levou os dedos ao queixo dela e levantou seu rosto para ele. Não estava sorrindo, mas seus olhos eram calorosos. "Você disse que seus pais gostavam de aventura."

Ela fez que sim.

"Hoje, eles ficaram orgulhosos de você."

Violet riu. "Porque eu mostrei os peitos para estranhos? Acho que não era isso que tinham em mente para mim."

"Não falei que eles gostariam de testemunhar o evento em si." O sorriso de Cain foi gentil. "Só que gostariam de saber que esse seu lado existe. Na verdade, acho que eles sabem." E apontou para cima.

Merda, Violet pensou, os olhos se enchendo de lágrimas só um pouquinho, diante da compreensão súbita: ela o amava.

Violet amava aquele homem teimoso, complicado, impossível de entender e inalcançável.

Ele era grosso e mal-humorado, o que tornava os momentos de gentileza ainda mais significativos.

"Ei." Ele limpou uma lágrima em sua bochecha. "Merda. Falei besteira."

"Não. Não, você falou tudo certo", respondeu, mergulhando os dedos no cabelo dele. Então ela o puxou e o beijou no meio da Bourbon Street.

Cain a abraçou na mesma hora, um braço em torno do quadril, o outro pelos ombros, puxando-a com força contra o seu corpo masculino.

Os lábios dele se moveram suavemente sobre os dela, e Violet sentiu o caos em torno deles sumir até que ela se perdesse no cheiro limpo, de sabonete, de Cain, a sensação da língua dele explorando os cantos de sua boca, o som involuntário de desejo no fundo de sua garganta, quando as unhas dela arranharam levemente seu pescoço.

Alguém esbarrou neles, separando-os bruscamente.

"Desculpa!", gritou um trio de garotas risonhas e bêbadas, tropeçando nos saltos plataforma.

Violet olhou ao redor e se lamentou. Não pelo fato de que o beijo tivesse terminado, mas por não estarem sozinhos e ele não estar beijando seu corpo todo.

"Não, duquesa", disse Cain, com uma risada áspera, o polegar brincando com o lábio inferior dela, enquanto observava sua boca.

"Não o quê?"

"Não me olha assim", explicou ele, ainda com o polegar em seu lábio e fechando a cara.

Corajosa, ela tocou a ponta do dedo dele com a língua. "Por que não?"

Ele soltou um gemido baixo. "Porque minha casa fica logo ali. E se a gente voltar agora, vai ser muito difícil para mim dormir no sofá hoje."

"E se eu não quisesse que você dormisse no sofá?"

Os olhos de Cain escureceram de leve, e ele se aproximou, segurando o rosto dela. "Duquesa, me escuta. Todas essas coisas que você quer. Os filhos, o marido, o cachorro. Essa não é a minha praia. Entendeu?"

Violet engoliu em seco, guardando a dor daquela declaração para tratar outro dia. Se uma noite era tudo o que ele estava oferecendo, ela ia aceitar.

"Eu sei", ela disse, aproximando-se dele e colocando a mão em seu peito. "Mas também quero outras coisas."

24

Nem tinham fechado a porta do apartamento, e Cain já a agarrava. As mãos prendendo-a pela bunda, puxando-a contra seu corpo, enquanto fechava a porta com um chute.

Ele percorreu o queixo dela com os lábios, pressionou a boca quente logo abaixo da orelha, e Violet deixou a cabeça pender para trás com um gemido, enquanto ele dava beijos molhados em seu pescoço. Ele sabia exatamente quando mordiscar, quando lamber...

Sem fôlego, Violet correu as mãos por seus ombros, peito, costas, explorando avidamente. Se só teria uma noite, queria tudo.

Queria *ele*.

Quando senti-lo através da camiseta não era mais suficiente, seus dedos deslizaram por baixo, para a cintura. Ele agarrou seu pulso. Violet arfou, pressionada contra a porta, as mãos ao lado da cabeça, enquanto a boca dele apertava a dela num beijo forte e possessivo que ela havia esperado a vida inteira para experimentar.

Sem soltar sua boca, ele levou as mãos dela para cima, segurando ambos os pulsos com uma das mãos, enquanto a outra descia por seu corpo, deslizando sobre seu tronco, o quadril, e então subindo de novo.

A mão dele em seu seio era a combinação certa de gentil e firme, enquanto ele explorava o formato, o polegar provocando o mamilo com habilidade, até ele entumecer sob a blusa e o sutiã e ela arder de desejo.

"Cain", ela sussurrou contra sua boca. "Por favor."

"De novo." A respiração dele era quente e forte contra seus lábios.

"Por favor", repetiu ela.

Ele balançou a cabeça, agarrando o cabelo dela. "Não. Meu nome. Fala o meu nome."

"Cain", disse, com a voz rouca, roçando o quadril contra o dele ao falar.

"Meu Deus", murmurou Cain, perdendo o controle.

Houve um ruído de tecido se rasgando quando ele puxou a camisa dela. Violet ouviu seu sutiã batendo no chão e viu aquelas mãos e boca cobrindo cada centímetro de pele.

Quando ele a soltou para tirar as botas, ela levou a mão aos colares no pescoço, mas ele balançou a cabeça. "Não tira", ordenou.

Cain levou a mão atrás da cabeça, agarrou a camiseta e a tirou, segundos antes de puxar Violet de volta para ele.

Ele a ergueu do chão, e ela envolveu a cintura dele com as pernas, as mãos dele em sua bunda, as bocas grudadas, enquanto a carregava pela casa e a jogava na cama.

Com dedos hábeis, abriu a calça dela e enfiou a mão. Violet gritou quando ele a tocou, e Cain enterrou o rosto em seu pescoço. "Nossa, como eu te quero."

Ele baixou a calça dela, então se sentou por um momento, respirando com dificuldade e passando os olhos por seu corpo. Violet pensou por um instante que deveria ser tímida, ficar com vergonha, mas só se sentiu *desejada*. Abriu as pernas ligeiramente num convite, que Cain aceitou de bom grado, aproximando o rosto dos seios dela e tirando sua calcinha, para depois jogá-la no chão.

Violet enfiou os dedos no cabelo de Cain, mantendo-o perto de si. "Ainda bem que você não cortou", sussurrou. "Estava doida pra fazer isso."

Ele parou por um momento: "Ah, é?"

Ela assentiu, e Cain esfregou a bochecha barbada em seu mamilo, levando a mão entre suas pernas. "E isso?"

Ela arfou. "Isso. Tudo isso. Quero tudo."

Ele a beijou sem parar, enquanto abria a gaveta da mesinha de cabeceira e pegava uma camisinha.

Violet o ajudou a tirar a calça jeans e a cueca, e se ajeitou para que ele se acomodasse em cima dela. Então fechou os olhos quando ele a tocou entre as pernas, mas Cain esperou, e só quando ela os abriu novamente e eles se encararam foi que penetrou nela.

"Cacete", exclamou ele, ofegante e baixando a cabeça de leve. "Você é tão perfeita. Tão pequena..."

"Não seja gentil", pediu Violet, arqueando-se e cravando as unhas nas costas dele. "Não se segure."

Ele não foi. E não se segurou. Mais uma vez, prendeu as mãos dela para cima, segurando o corpo dela a seu bel-prazer, enquanto a penetrava, sem desviar o olhar, até os dois chegarem a um clímax devastador capaz de fazer todos os encontros sexuais anteriores parecerem completamente irrelevantes.

Depois de recuperarem o fôlego, beberem um pouco de água e fazerem tudo de novo, Violet se deitou no peito dele e seus dedos brincaram distraídos com os pelos, enquanto ele a abraçava e desenroscava o cabelo dela dos colares.

Após um tempo, ela apoiou o queixo em seu peito e olhou para ele.

"O que foi?", ele perguntou, com um sorriso cauteloso.

"Acho que você tinha razão."

"Provavelmente", disse ele. "Mas em que exatamente?"

"Quando a gente se conheceu. Você me disse de um jeito bem grosseiro que eu tinha cara de quem nunca deu uma boa fo..."

O sorriso de Cain sumiu, e ele tocou sua boca com os dedos para interromper suas palavras. "Não faz isso. Por favor, duquesa. Não foi isso que aconteceu aqui."

Ela prendeu a respiração. "Não foi?"

Ele fez que não.

Violet deitou a cabeça no travesseiro e, ao cair num sono satisfeito, poderia jurar que o ouviu murmurar: *Antes tivesse sido só isso.*

Violet acordou de bruços, com as contas pegajosas do Mardi Gras coladas no peito e uma mão quente acariciando suas costas nuas.

"Duquesa", Cain chamou, baixinho. "Tá na hora de acordar. Você precisa levantar se não quiser perder o seu voo."

Confusa, Violet ergueu a cabeça, piscando para afastar o sono, então se sentou ao perceber que:

1. Tinha perdido a hora.
2. Estava nua.
3. Cain estava vestido.
4. Ele disse que ela ia perder o voo *dela*.

Tateou ao redor em busca da camiseta e, ao lembrar que estava no chão, se conteve em abraçar um travesseiro.

"Você não vem? Achei que íamos pegar o mesmo voo."

Cain balançou a cabeça. "Preciso ficar mais um dia. Resolver umas coisas."

Violet sentiu um frio na barriga. "Ah. E eu não posso ficar com você?"

Cain evitou seus olhos. "Vou estar muito ocupado. Não vou ter tempo de te distrair."

Me distrair?

A mágoa em seu rosto deve ter ficado evidente, porque ele esfregou a testa, meio cansado. "Não foi isso que eu quis dizer. É só... segura as pontas com a Edith, por favor? Diz pra ela que volto amanhã?"

É sério isso? Edith não era do tipo que aceitava qualquer desculpa e, mesmo que fosse, Cain não costumava se preocupar em ser gentil com os outros.

"Sei quando estão tentando me apaziguar, Cain", disse Violet, baixinho. "Mas não precisa se preocupar. Você me avisou ontem à noite o que era isso. Só não achei que seria você quem fosse estar surtando hoje."

Ele contraiu a mandíbula. "Não estou surtando. Só tenho coisas pra resolver."

Ela consentiu e não o pressionou, porque, se tinha aprendido algo no último mês com aquele homem, era que ele precisava fazer as coisas do próprio jeito, no próprio tempo.

"Tudo bem", disse, simplesmente, virando-se para a beirada da cama e pousando os pés no chão. "Quanto tempo até o aeroporto? Dá pra tomar um banho?"

Ele olhou o relógio na mesa de cabeceira. "Se você for rápida."

Violet concordou, soltou intencionalmente o travesseiro e caminhou nua até o banheiro, sorrindo um pouco ao ouvir o gemido reprimido de Cain.

Quando saiu do banheiro alguns minutos depois, com o cabelo ainda úmido, sua mala estava aberta na cama dele, cuidadosamente arrumada, e ele estava esperando com um café na mão — num copo descartável.

Ela riu e balançou a cabeça, aceitando o copo. "Tudo bem, Cain. Já entendi."

"Entendeu o quê?"

"A despedida é brusca, mas você vai ganhar um ponto pelos cuidados adicionais." E ergueu seu café.

"Olha, achei que tinha deixado claro..."

"Sim, sim, deixou bem claro", ela interrompeu, guardando a nécessaire na mala e fechando o zíper. "Nada de cachorro grande, flor, nem felizes para sempre. Eu ouvi e respeito a sua decisão."

"Ótimo. Desde que a gente esteja em sintonia." Cain assentiu, embora parecesse mais frustrado do que aliviado.

"Com certeza, em sintonia." Ela empurrou a mala até a porta da frente. "Vou chamar um Uber lá fora."

"Duquesa..."

"Não precisa se explicar", ela disse, sorrindo para demonstrar que queria mesmo dizer aquilo. "Mas posso só falar uma coisa?"

Ele hesitou, então fez que sim, com cautela.

"Vamos fazer do seu jeito, mas...", Violet ficou na ponta dos pés e roçou os lábios de leve nos dele, "... o seu jeito parece solitário demais."

Ela então pegou o café e a mala e deixou Cain Stone sozinho com seus pensamentos.

25

"Caramba, você está arrasando", exclamou Ashley, em aprovação, durante o almoço. "Disse isso mesmo? Com essas palavras?"

"Sim", Violet respondeu, orgulhosa.

"E ele já deu notícia?"

"Não." Violet pegou o cardápio. "Edith comentou que ele voltou, mas ele não falou comigo."

"Tá com medo", Ashley concluiu, segura.

"De quê?", perguntou Violet, meio na dúvida.

"De você! Você deveria se olhar no espelho. Tem duas semanas que parece outra mulher. Forte e fabulosa."

"É, me sinto forte", admitiu. "Mas não sabia que era tão óbvio para os outros. Não é como se eu tivesse comprado uma calça de couro e passado um batom preto. Continuo usando os mesmos vestidos, o mesmo colar de pérolas, o mesmo brilho labial que uso desde a faculdade."

"Porque é o brilho labial que combina com a sua pele e o guarda-roupa certo para você", concordou Ashley. "Mudanças no visual nem se comparam com as que acontecem internamente e, para responder à sua pergunta, sim, a sua transformação é bem óbvia, e eu, pelo menos, sou totalmente a favor."

Violet sorriu. "Que bom teria sido se você tivesse falado isso *antes* de eu tentar transformar Cain num engomadinho de terno. Não é culpa dele que esteja tentando manter a distância."

"Ei." Ashley estalou a língua. "Talvez Cain esteja precisando também de uma reforma interna, e acho que a sua intromissão no guarda-roupa dele foi só o gatilho que faltava. Quer dizer, concordo contigo, o cabelo e a barba combinam com ele. Mas não acredito nem por um segundo que você não tenha ameaçado a solteirice do homem. Era *isso* que ele precisava mudar, e é por isso que está apavorado."

"Não sei, Ash", disse Violet, deixando o cardápio de lado depois de escolher um sanduíche de queijo grelhado com bacon. "Ele pareceu muito decidido sobre em que pé estamos, antes e depois."

"Antes e depois...?"

Violet tentou manter o rosto impassível, mas Ashley não era sua melhor amiga à toa. Ela soltou um gritinho.

"Você traçou o cara! Isso é detalhe que se esconda?"

Violet riu. "Não *tracei* coisa nenhuma. Quer dizer, tracei, mas não vamos chamar assim."

Ashley estava com os olhos arregalados, feliz da vida. "Conta tudo. *Todos* os detalhes. Faz muito tempo que não... traço ninguém. Foi *bom*, não foi? Por favor, me diz que foi bom."

Violet se limitou a sorrir.

"Ah, agora sim", comemorou Ashley, tamborilando os dedos na mesa e depois fingindo tocar um prato de bateria. "Tá, mas, espera, agora fiquei ainda mais irritada com ele. Vocês transaram, e ele te expulsou?"

"Ele não me expulsou, ele..." Violet mordeu a bochecha. "Hmm. Acho que ele meio que me expulsou."

"Certo", Ashley disse, procurando um garçom. "Vamos pedir a comida, depois a gente analisa tudo. Em detalhes."

Assim que fizeram o pedido e entregaram os cardápios ao garçom, a amiga cruzou os braços sobre a mesa e se inclinou para a frente, na expectativa.

"Sério, acho que não tem muito o que analisar", começou Violet, lentamente. "Acho que preciso só dar um tempo pra ele. Tem o quê, um mês que a gente se conhece?"

"Tempo suficiente pra você se apaixonar por ele", Ashley ressaltou.

Violet abriu e fechou a boca. "Dá pra notar?"

"Querida, sou sua melhor amiga. Em uma semana já dava pra ver que ele ia roubar seu coração."

Violet suspirou, um pouco feliz, um pouco melancólica. "Você podia ter me avisado."

"De jeito nenhum. Descobrir é metade da diversão." Ela apertou a mão da amiga. "Estou feliz por você, Vi. Você está diferente de quando estava com Keith. Como se estivesse iluminada por dentro. Está radiante."

"Me *sinto* radiante, mas também..." Violet colocou a mão no peito. "Meu Deus, Ash, como as pessoas *aguentam* isso? Essa coisa que eu tô sentindo: é aterrorizante e emocionante ao mesmo tempo, e o frio na barriga eu não sei se é bom ou se é de náusea. E se ele não me quiser *nunca* mais? E se eu ficar esperando, esperando, e acabar numa situação igual com Keith? Só um acessório, esperando nos bastidores pra entrar em cena?"

"Em primeiro lugar, isso não vai acontecer. Keith e Cain nem são da mesma espécie. Em segundo lugar, vamos arrumar um plano. Arrumar um jeito de, digamos, ajudar Cain."

Violet sorriu. "Achei que você tinha dito que descobrir era metade da diversão."

"Para a minha melhor amiga, sim. Mas não tenho esse tipo de lealdade com ele, e posso muito bem dar um empurrãozinho. Homem é tudo idiota quando se trata dessas coisas."

"Ou", rebateu Violet, "ele simplesmente não sente o mesmo que eu. Talvez estivesse falando sério quando disse que a nossa noite juntos foi só por diversão."

Ashley balançou a cabeça. "Se fosse esse o caso, se não estivesse ligando pra você, teria voltado no mesmo voo, agido como se nada tivesse acontecido. Em vez disso, entrou em modo surtado."

"Então o que eu faço? Como tirar ele do surto?"

"Bem." Ashley tomou um gole da água e mastigou um cubo de gelo. "Tenho uma ideia, mas você não vai gostar."

"Tenta."

"Tá vendo! Forte! Certo..." Ashley pousou o copo na mesa e cruzou os braços. "Sei que só vi o cara uma vez, mas de tudo que você me contou, uma coisa sempre me saltou aos olhos: você e Cain Stone são iguaizinhos."

"Hmm. Acho que nessa você não podia estar mais errada", Violet contestou.

"Vocês têm os mesmos problemas", continuou Ashley, explicando. "E digo isso com carinho, porque todos nós temos. Tirando eu, claro, porque sou perfeita."

"Claro." Violet sorriu. "Tá bom, então quais são os tais 'problemas' que eu e Cain temos?" Ela desenhou aspas no ar.

O tom de sua amiga era gentil. "Os dois acham que precisam ser algo diferente do que são para serem dignos de amor."

Violet encarou a amiga. "Ai."

"Não falei que você não é digna de ser amada, só que você *acha* que não é." Ashley se inclinou para a frente. "Vi, quando a gente era criança, você era a mais destemida, a mais franca do parquinho. Lembra disso? Era você que descia no escorregador de cabeça, que ia mais alto no balanço, que dedurava os valentões. Aí seus pais morreram, e você mudou. E que culpa você tinha? Nenhuma, mas você se transformou exatamente no que achava que sua avó queria. Uma menina mansa e perfeita."

"Eu tinha medo que ela pudesse não querer ficar comigo", sussurrou Violet.

Ashley estendeu o braço por cima da mesa e apertou a mão da amiga mais uma vez. "E quando a sua avó morreu e Edith apareceu, você se tornou o que *Edith* queria. Caramba, juro que às vezes você tenta até ser o que *eu* quero, embora eu ame todas as suas versões."

"Você não está errada", disse Violet, baixinho. "Mas Cain não é como eu. Ele é praticamente o oposto, faz de tudo para ser o que as pessoas não querem."

"Tem certeza?", Ashley perguntou, com gentileza. "Se coloca no lugar dele. Um dia, ele tá muito bem levando a vida, no dia seguinte aparece um parente perdido entregando as chaves de um castelo. Mas só se ele mudar a aparência, a maneira como pensa, age, se veste... Se você fosse Cain, não estaria se perguntando qual versão a bela e elegante Violet Townsend realmente quer?"

Violet apertou os olhos, arrependida, porque a amiga tinha razão. Cain tinha praticamente dado uma bronca nela pelos mesmos motivos, embora tenha sido mais grosso.

"Ai, Deus", ela murmurou. "Eu literalmente o levei às compras no nosso primeiro dia juntos. As coisas que eu falei pra ele... O que eu faço?"

"Eu sei que você tá tentando dar um espaço, e isso em geral é um bom plano. Mas neste caso? Talvez você devesse deixar claro como se sente a respeito dele antes do resultado da votação. Diz pra ele que você o ama. Como ele é."

26

Violet entrou na recepção da Rhodes International, como tinha feito centenas de vezes antes, fosse para visitar Edith ou Keith.

Tentou muito não pensar que, se aquilo não corresse como ela esperava, poderia muito bem ser a última vez que pisaria naquele prédio. Depois que Edith se aposentasse, ela não teria motivo para ir àquela área da cidade para visitá-la. E se o conselho votasse em Cain...

Bem, essa era uma preocupação para outra hora.

Por enquanto, estava concentrada na missão em questão.

Como fazia parte da lista de visitantes permitidos, os seguranças a deixaram passar sem fazer perguntas, provavelmente supondo que alguém estava esperando por ela.

Só quando saiu do elevador no andar da diretoria foi que percebeu que não tinha ideia de onde ficava o escritório de Cain, e portanto teria que procurar. Mas Keith havia comentado que era um escritório de canto. Como o de Edith, e isso ao menos reduzia suas opções a três cantos.

Após acenar para a recepcionista de longa data, Violet caminhou pelo corredor, cumprimentando rostos conhecidos pelo nome, perguntando pelos filhos, esposas e maridos. Dan Bogan ficava no canto nordeste, então Violet estava indo conferir o canto sudeste quando percebeu seu erro.

Teria que passar por outro escritório: o de *Keith*. A porta estava aberta e ele olhava diretamente para ela, surpreso.

"Violet?", chamou, a confusão estampada no rosto. "O que você tá fazendo aqui?"

Ai. Ela não via nem falava com Keith desde que ele tentara se redimir, na festa de Jenny e Mike, e sentiu-se ligeiramente envergonhada por sentir tão pouco a sua falta e raramente pensar nele.

Mas como não tinha como evitar uma conversa sem ser terrivelmente rude na frente dos funcionários da Rhodes, que fingiam não assistir à interação, Violet abriu um sorriso e entrou no escritório familiar e sem graça.

"Oi, Keith. Como você está?"

"Bem, muito bem. Tenho andado ocupado. Você está ótima. Veio visitar Edith?"

"Eu..." *Hmm*. Enquanto tentava se decidir depressa se deveria inventar uma mentirinha para poupar os sentimentos dele, sentiu que alguém estava olhando para ela e percebeu que Keith não estava sozinho. "Ah, desculpa", disse, virando-se para o homem alto de cabelos escuros parado à sua direita. "Não tinha percebido que Keith estava em reunião..."

Então abriu a boca quando os olhos castanhos do homem encontraram os seus.

"Cain?"

Ele trincou a mandíbula. "Duquesa."

Ela não conseguia desviar o olhar. Ele era a mesma pessoa, mas... diferente.

"Você... seu cabelo... a barba..."

"Achei que as entrevistas seriam melhores se eu não tivesse cara de...", ele voltou-se para Keith, "lenhador, foi isso que vocês disseram?"

Keith ergueu as mãos. "Nada pessoal, Cain. Sem ressentimentos."

"Claro que não", respondeu Cain, igualmente afável, quase encantador.

Violet franziu a testa.

Com quem ele tinha aprendido a usar *aquele* tom? Não se parecia em nada com o homem que ela conhecia.

E então a verdade a atingiu, incômoda e pungente: com ela. Tinha aprendido aquilo com ela. Aquela voz plácida, modulada, que não revelava nada, era dela.

A culpa e o remorso fizeram seu estômago revirar. Cadê a franqueza revigorante? A honestidade ousada? O Cain por quem tinha se apaixonado havia desaparecido junto com a barba?

Incapaz de organizar os pensamentos, tudo o que conseguia fazer era olhar para Cain, lutando para encaixar aquele homem limpo no *seu* homem.

"Violet", disse Keith, com uma risada. "Você está encarando o sujeito como se ele fosse um bicho no zoológico."

"Não é isso que eu tenho sido esse tempo todo?", Cain perguntou, abrindo os braços. "Vocês não me prepararam para a exibição, tomando bastante cuidado para eu valer o preço da entrada?"

Agora Violet se sentia enjoada. Ashley estava terrivelmente certa. Cain achava de fato que o seu valor dependia de mudar tudo o que fazia dele *ele*.

"Ei, se a minha opinião vale alguma coisa, acho que você está ótimo, cara", disse Keith, com uma simpatia surpreendente, o que por si só já era sinal de alerta. "Como Clark Kent sem os óculos."

Percebendo que seus olhos estavam turvos de lágrimas, Violet virou-se depressa e saiu do escritório de Keith antes que os dois a vissem chorar. Keith a chamou, mas Violet o ignorou.

Continuou andando até chegar ao seu destino original. A placa confirmava que o escritório do canto sudeste era de fato o de Cain. Como sabia que ele não estava ali, entrou e fechou a porta com um pequeno soluço.

Suas esperanças de ter um pouco de privacidade foram logo frustradas, pois, quase no mesmo instante, a porta se abriu e revelou um Cain muito irritado. "Que diabos foi isso?"

Pela primeira vez na vida adulta, Violet não fez o menor esforço para modular as emoções revoltas dentro de si. Ela virou-se para ele e meio que gritou: "Não *quero* o Clark Kent sem óculos." Então enxugou as lágrimas que escorriam e apontou para seu rosto barbeado. "*Odiei* isso."

"Meu Deus, duquesa", ele murmurou, esfregando a mão no queixo. "Você sabe mesmo como destroçar um cara. Ficou tão ruim assim?"

Ela sufocou uma risada. "Não. É só que... Você..."

Violet prendeu a respiração e soltou devagar. "Queria ter dito antes de você mudar... você é bom o bastante, Cain. Do jeito que é. E para mim não importa se você vai conseguir o emprego ou não." *Vou te amar do mesmo jeito.*

Violet perdeu a coragem e não acrescentou a última parte, mas talvez ele tenha entendido mesmo assim, porque um olhar de emoção feroz tomou conta de seu semblante, ele caminhou determinado até ela e segurou seu rosto.

Deslizou os polegares por suas bochechas, enxugando as lágrimas, então baixou a cabeça, capturando sua boca num beijo ardente que lhe roubou o ar dos pulmões e confundiu seus sentidos.

Cain moveu os lábios com urgência sobre os dela, de um jeito ao mesmo tempo terno e desesperado, e ela respondeu imediatamente, como se tivesse passado a vida toda beijando aquele homem.

Violet passou os braços em volta do pescoço dele, extravasando tudo o que não podia dizer naquele beijo. Ele gemeu junto a ela, deslizando as mãos por suas costas e puxando-a mais para si, enquanto sua boca descia até o pescoço.

"Duquesa", murmurou contra sua pele. "Duquesa..."

Violet passou os dedos pelo cabelo dele, sentindo falta dos fios longos apenas por um segundo, mas logo concluiu que também gostava do cabelo espetado contra suas palmas, e que a bochecha lisa roçando sua pele era tão sexy quanto a barba.

Era *ele* que ela queria. De barba, careca, alto, baixo, de pé, sentado, não importava, contanto que fosse Cain.

Ele levou as mãos até a frente do vestido dela, depois deu um passo para trás, com um gemido relutante. "Nunca odiei tanto as janelas enormes desse escritório."

"Ah!", exclamou Violet, olhando por cima do ombro. "Não tinha percebido."

Ele sorriu um pouco. "Você tá parecendo comigo, duquesa. Um mês atrás, teria me dado um sermão sobre como eu deveria deixar a porta aberta para manter o decoro."

"E você tá parecendo comigo", ela contrapôs. "Um mês atrás, teria me traçado contra a parede com a porta aberta, sem nem se importar com as fofocas."

Ele deu um leve sorriso. "Traçado?"

"Ashley que fala assim."

Ele assentiu, embora o sorriso já tivesse começado a desaparecer. "O que você tá fazendo aqui? Você nunca veio ao escritório antes."

"Queria saber como foram as entrevistas", disse ela, um pouco animada demais, tornando a mentira óbvia o suficiente até para os próprios ouvidos.

Ele se limitou a encará-la.

"Não", ela disse, com um suspiro. "Não é verdade. Quer dizer, *queria* sim saber como foram as entrevistas, mas não foi por isso que vim aqui."

Cain ficou parado. Esperando.

Violet respirou fundo. "Cain, antes da votação, antes do Baile dos Namorados, no sábado, antes de você ser nomeado CEO..."

"Não sabemos se isso vai acontecer."

"Vai acontecer", afirmou Violet, confiante. "Você é incrível, Cain. Não por causa do terno, ou do cabelo, ou porque sabe o que é *amuse--bouche* agora, ou a diferença entre Monet e Manet. Você é inteligente e gentil, mesmo quando tenta esconder, e..." ela inspirou. "É por isso que eu te..."

"Não faz isso." Sua voz soou áspera. "Por favor, não fala isso."

"Mas..."

Seus olhos escuros imploravam. "Duquesa, se você se importa comigo, mesmo que só um pouco, por favor, não diga essas palavras."

Violet sentiu seu coração se partir. "Mas *por quê?*"

"Porque você vai tornar impossível o que preciso fazer", respondeu Cain, antes de se virar e sair da sala.

27

Violet observou seu reflexo no banheiro do Met. Nunca tinha se sentido tão glamorosa por fora e tão morta por dentro.

"O que você acha que ele quis dizer com *impossível*?", Ashley perguntou, enquanto retocava o batom vermelho exatamente da mesma cor do vestido. "O que ele *precisa* fazer?"

"Não tenho ideia", disse Violet, mordendo a língua para não acrescentar que era a *centésima vez* que respondia àquilo.

Já tinham repassado a conversa até dizer chega, e nem ela nem Ashley estavam mais perto de entender o estranho comportamento de Cain. Para aumentar o absurdo que fora o encontro, até *Edith* a estava evitando. Violet achou que alguém lhe daria o resultado da votação, que acontecera na tarde anterior, mas Alvin disse que Edith estava sobrecarregada, resolvendo detalhes de última hora para o baile e o grande anúncio.

Violet era orgulhosa demais para perguntar a Cain diretamente, sobretudo depois de ele a ter deixado sozinha em seu escritório, feito um brinquedo velho que ele não queria mais.

"Te deixa feliz saber que ele está te olhando a noite inteira?", Ashley perguntou, virando-se para Violet para ajeitar um fio de cabelo rebelde.

Violet escolhera o vestido havia poucos dias, esquivando-se do tema rosa ou vermelho, típico do Dia dos Namorados, que havia planejado usar originalmente, e optando por um roxo vivo.

Violeta, era o que dizia a etiqueta. Violeta era a flor preferida de sua mãe, daí o nome, e ela sempre vestia a filha única com roupas daquela cor. Violet evitara o tom completamente desde que os pais tinham morrido. Não intencionalmente; era só que, de alguma forma, parecia ousado demais, forte demais para a versão de si mesma que cultivara com tanto cuidado.

Agora, apesar da raiva que sentia de Cain — talvez por causa disso —, a cor parecia apropriada. Era um vestido de corte simples. Longo, mas com uma fenda que subia até o meio da coxa. E um decote modesto, para complementar as pérolas sempre presentes, mas aberto nas costas.

Ela deixou Ashley arrumar seu cabelo. Um coque simples na nuca, para exibir os brincos de pérola com brilhantes que Edith mandara por meio de Alvin, e que Violet não teve coragem de rejeitar.

Uma mulher de aparência agitada que trabalhava para Edith entrou no banheiro e ficou surpresa ao vê-la. "Violet! Tá na hora. Vão anunciar o novo CEO agora!"

"Já estávamos indo", disse Ashley, com um sorriso, guardando o batom na bolsa e puxando Violet pelo braço.

"A gente tem mesmo que ir?", Violet murmurou, baixinho.

"Tem", respondeu a amiga com firmeza.

"Acho que vou vomitar."

"Se você está nervosa, imagina como Cain deve estar. Ele precisa de você, querida. Sei que não parece, sei que ele tem sido um bosta, mas confie em mim. Ele não tirou os olhos de você a noite todinha. Você é o colete salva-vidas dele."

Era praticamente a única coisa capaz de fazer Violet voltar para o salão lotado. Dan Bogan já estava ao microfone, fazendo um discurso chato de boas-vindas, enquanto Violet deixava Ashley abrir caminho por entre a multidão, até elas estarem nas primeiras fileiras, perto do palco.

Ela mais sentiu do que viu Cain no palco. Havia sentido sua presença a noite inteira, embora fosse a primeira vez que se permitia olhar para ele.

Violet achou que ele iria ignorá-la, mas sentiu um frio na barriga quando o encontrou olhando fixamente para ela. Seu olhar era escuro e penetrante, tão ilegível quanto no primeiro dia, na sala de estar de Edith. Ela não tinha ideia do que ele estava pensando, do que estava sentindo...

Um rápido olhar para Edith não lhe ofereceu nenhuma informação. A mulher sempre teve cara de parede, não deixava passar nada.

Os demais membros do conselho estavam igualmente impassíveis. Só Keith parecia demonstrar alguma emoção, e tudo que Violet conseguia ler em seu rosto era presunção.

Ai, céus.

"O sorriso convencido de Keith não é um bom sinal", murmurou Ashley, ecoando os pensamentos da amiga.

Keith não fizera o menor esforço para esconder que desaprovava a escolha de Cain como CEO. Se ele parecia tão feliz...

Violet sentiu o coração martelando no peito, e não de um jeito bom.

Dan estava passando o microfone para Edith, que trajava um vestido marrom deslumbrante e o colar de rubi que Bernard lhe dera no quadragésimo aniversário de casamento.

"Vou começar, assim como Dan, agradecendo a todos vocês pela presença hoje. Meu falecido marido sempre foi um romântico incurável, e o Dia dos Namorados era sua data preferida — foi quando ele me pediu em casamento. E quando nos casamos."

Edith enxugou os olhos antes de continuar.

"Sempre sinto mais a sua falta no dia 14 de fevereiro, mas este ano tem sido particularmente difícil, pois sei que ele gostaria de estar aqui para ver a Rhodes partindo para a sua próxima fase, com um futuro brilhante pela frente."

Ela pigarreou.

"Alguns de vocês devem saber que este é meu último ano à frente da empresa. Ela é parte fundamental da minha vida há muito tempo, portanto não foi uma decisão fácil. Mas é hora de deixar a próxima geração assumir o controle, para que eu possa enfim realizar o meu maior desejo: beber gim tônica ao meio-dia."

Edith esperou até que o riso diminuísse, então continuou:

"A busca pelo próximo CEO está sendo lenta e deliberada, pois sei que falo por todos neste palco quando digo que queremos encontrar a pessoa certa. Ainda não chegamos lá, mas encontramos alguém perfeitamente adequado para ocupar o cargo enquanto continuamos procurando."

Espera, o quêêêê?

Edith abriu um enorme sorriso, passando o microfone para a outra mão, e Violet pensou tê-la visto tremer um pouco. "E assim, em meu nome e em nome de toda a diretoria da Rhodes International, gostaria de parabenizar o nosso novo CEO interino: sr. Keith Schultz."

Violet não moveu um músculo sequer, e todo o sangue pareceu ir embora de seu rosto. Na verdade, sentia-se completamente sem ossos, ali, parada, tentando descobrir se o que tinha acabado de ouvir era mesmo verdade.

"Keith?", Ashley exclamou, ecoando a descrença da amiga. Por sorte, seu *eca* foi abafado pelos aplausos, enquanto Keith, radiante, caminhava pelo palco e recebia o microfone das mãos de Edith.

Violet o olhou apenas pelo mais breve instante antes de se voltar para Cain, que estava estoico, tão imóvel quanto ela própria.

Ele sabia, ela percebeu. Não poderia dizer exatamente o que ele estava sentindo, mas certamente não era uma surpresa.

Que merda foi essa?

Ela voltou-se para Keith, querendo exigir que ele justificasse sua presença, explicasse esse desenrolar dos fatos. Mas ele estava ocupado demais falando sem parar da honra que era estar ali, da visão que ele tinha para o futuro...

"Só tive uma pequena tristeza ao saber da notícia, no entanto", Keith dizia. "Sempre soube que o maior desejo de Edith e Bernard era manter a empresa na família."

Violet olhou de novo para Cain e, dessa vez, viu um leve estremecimento. A desaprovação de Edith foi menos sutil.

Keith continuava com seu sorriso convencido. "Alguns de vocês devem saber que, além de ser abençoada com a descoberta do sr. Stone aqui, Edith teve uma neta adotiva nos últimos anos, uma mulher que ela mesma já me contou que ama tanto como se fosse da família."

Surpresa, Violet virou-se para Edith, que sorriu de volta, com um leve aceno de cabeça.

"Violet, pode se juntar a mim aqui um instante?", perguntou Keith, e ela percebeu que ele teve de procurá-la na multidão.

Cain, por outro lado, sabia exatamente onde ela estava.

"Nojento", Ashley murmurou. "Mas você tem que subir lá, querida."

Violet deixou a amiga empurrá-la gentilmente em direção às escadas na lateral do palco, embora não tenha sido Ashley quem a ajudou a subir os degraus com as pernas bambas, nem Keith.

Foi Cain. Ele estendeu a mão, que Violet segurou sem hesitar, e manteve os olhos escuros fixos nos dela.

Por um momento terrível e de partir o coração, ela o entendeu. E ele estava *angustiado*.

"Maravilhoso, maravilhoso", disse Keith, enxotando os outros membros do conselho para abrir espaço para Violet. Só quando Keith pegou a outra mão dela foi que Violet desviou os olhos de Cain.

Os dedos de Cain apertaram os dela por uma fração de segundo, como se não quisesse deixá-la ir, então ele a soltou e fechou a cara de novo.

Keith a puxou mais uma vez, forçando-a a ficar no centro do palco com ele, alvo de todos os olhares.

"Não posso fazer o sangue Rhodes fluir magicamente em minhas veias para manter a empresa na família", disse Keith, rindo da própria "piada", "mas posso fazer a segunda melhor coisa. Edith, só um momento, por favor...", disse, entregando-lhe o microfone.

Antes que Violet pudesse compreender o que ele estava fazendo, Keith ajoelhou-se e puxou uma caixa de veludo do bolso interno do paletó.

A multidão soltou um burburinho de alegria. Violet arfou de horror. De olhos arregalados, virou-se para a direita e viu Ashley igualmente horrorizada, de pé, com a mão no peito.

Violet podia ler os lábios da amiga. "Não pode ser!"

Elas estavam prestes a descobrir que podia, sim.

"Violet, meu amor", começou Keith, trazendo a atenção de Violet, atordoada, de volta para si.

Meu amor? Desde quando?

"Nos últimos anos, você tem sido a minha fortaleza. Minha companheira. Minha melhor amiga. Não tinha percebido até recentemente o quão perdido fico sem você. Também não compreendia direito que meu sentimento por você não era só gratidão ou afeto, mas sim o tipo de amor eterno que só aparece uma vez na vida de uma pessoa. Ao iniciar essa nova jornada em minha vida profissional, parece apropriado que eu comece também uma nova jornada pessoal. Você me daria a honra de se tornar minha esposa e manter esta grande empresa na família?"

Ai. Meu. Deus.

Entre todas as cartadas dissimuladas, traiçoeiras e manipuladoras...

"Querida?", insistiu Keith, fitando-a com adoração.

Estavam todos olhando para ela, Violet percebeu, horrorizada. Esse pedido de casamento era um verdadeiro pesadelo. O lugar errado, a hora errada, a plateia errada, o *homem* errado.

Mas ele era um homem. Um homem que ela não humilharia na frente dos outros. Não porque fosse perfeita ou porque quisesse agradar as pessoas. Não porque fosse uma boneca obediente que faz tudo o que os outros mandam. Mas porque nem um oportunista como Keith merecia ser rejeitado em público.

Porque Violet Townsend sabia quem era: gentil.

Então forçou um sorriso. Não teve coragem de dizer sim; não iria mentir. Mas o deixou enfiar a aliança em seu dedo, ainda que já estivesse ensaiando a recusa educada que faria logo em seguida.

Violet se deixou inundar por um mar de parabéns, para os quais apenas sorriu, sabendo que a reação passaria por timidez atordoada.

Ela sentiu o cheiro do perfume Lancôme de Edith um instante antes de ver a senhora ao seu lado. Sentiu o perfume mais cítrico de Ashley do outro lado, quando a amiga chegou para protegê-la.

E sentiu um alívio imediato ao entender que elas sabiam, que elas a apoiariam.

Como era de imaginar, a pessoa mais alheia à sua angústia parecia ser Keith, que estava feliz, aceitando os parabéns pela promoção e pelo noivado, embora não tivesse sequer olhado para Violet desde que colocara a aliança em seu dedo.

Violet não se importou. Também não estava olhando para ele. Estava procurando outro homem na multidão, mas não conseguiu encontrá-lo.

"Cain", Violet sussurrou para Ashley. "Me leva até ele?"

A amiga apertou sua mão com força. "Desculpa, meu bem. Ele saiu no segundo em que o idiota se ajoelhou."

28

"O que ele falou quando você devolveu o anel?", perguntou Alvin, colocando uma xícara de chá na mão de Violet.

Edith estava sentada ao lado dela e devolveu o chá para Alvin. "Pelo amor de Deus, Alvin, traz um conhaque pra menina."

"Conhaque?", Ashley perguntou, surpresa.

"Alguma coisa forte. *Qualquer coisa*", insistiu Edith, com um aceno.

Ashley franziu os lábios, pegou Coco no colo e então chamou Alvin para fora da sala de estar. "Anda, Al. Vamos ver se vocês têm tequila."

"Calma, mocinha. Com essa bactéria comedora de carne na tíbia, já não ando mais tão depressa."

Violet fitou Edith, em busca de uma explicação.

"Ele arranhou a canela na parede do jardim", murmurou Edith. "Eu mesma passei pomada. Ele está bem."

"Ah", Violet comentou com um sorriso forçado, enquanto baixava a cabeça, cansada.

"Violet, querida", disse Edith, pegando sua mão. "Que noite, hein?"

"Pra você também", observou, erguendo os olhos para encontrar os de Edith. "O que aconteceu, Edith? Como o conselho pôde não perceber como Cain é inteligente, o quanto ele queria o emprego, como ia se sair bem..."

"Eles perceberam."

Violet piscou. "O quê?"

"O conselho votou em Cain ontem. Não por unanimidade, acho que está bem claro quem votou em si mesmo. Mas todo mundo confiou nas habilidades de Cain."

"Então por quê..."

A mulher mais velha tocou o colar de rubi com um sorriso surpreendentemente feliz no rosto. "Cain veio falar comigo ontem de manhã. Depois da votação, mas antes do resultado. Ele me disse que não queria."

O coração de Violet afundou e se partiu ao mesmo tempo. "Ele vai voltar para New Orleans", afirmou, categoricamente.

"Não, não. Eu deveria ter explicado", Edith corrigiu, depressa. "Ele disse que não queria que fosse *desse jeito*. Não queria receber o emprego de mão beijada só por causa das circunstâncias do seu nascimento. Ele quer ser CEO da empresa um dia, mas quer fazer isso do jeito certo. Trabalhar até chegar ao topo. Ele quer *merecer*."

A notícia deveria ter sido como uma bomba, mas, de alguma forma... não foi. Fazia sentido. Cain, um cara tão ansioso para ser visto e aceito por quem era, não se sentiria orgulhoso de assumir a empresa só porque tirara a barba.

"E por você tudo bem?", Violet perguntou a Edith.

"Mais do que bem. Na verdade, não poderia ficar mais orgulhosa, e não tenho dúvidas de que ele vai galgar degraus em tempo recorde, e logo vamos tirar aquele... aquele... *idiota* do meu escritório", concluiu Edith, com um olhar obstinado.

Violet deu um sorriso meio sem força diante do xingamento inesperado.

"Por que Cain não me contou?", perguntou, triste.

A alegria de Edith se esvaiu. "Ele me implorou para não contar a você, e não me disse por quê, mas... tenho minhas suspeitas."

Violet esperou.

"Acho", disse Edith, escolhendo as palavras com cuidado, "que um homem que quer ganhar um emprego do jeito certo também gostaria de ganhar o amor de uma mulher do jeito certo."

"Mas amor não é uma coisa que a gente oferece para quem merece", protestou Violet. "É uma coisa que a gente dá. Sem precisar de nada em troca."

Edith sorriu com ternura e passou o cabelo por trás da orelha. "Fico feliz de ouvir isso de você. E espero que saiba que nunca teve que merecer o meu amor."

"Digamos que foi uma descoberta recente", a jovem respondeu. "Mas fico feliz de saber. Ah, Edith, e já que estamos falando de emprego..."

"Vai parar de trabalhar para mim de graça? Já estava na hora. Eu a teria demitido para o seu próprio bem se você não tivesse dito nada." E deu um tapinha no joelho de Violet.

Ashley e Alvin voltaram para a sala, com Coco, em seu suéter de losangos cor-de-rosa, dessa vez no colo de Alvin. Ashley carregava uma bandeja.

"São as minhas taças de licor?", Edith perguntou, colocando os óculos para ver melhor a bandeja. "Faz anos que não as uso."

"Nada de licor hoje, Edith. Esta noite, vamos celebrar o Dia dos Namorados do único jeito que quatro solteiros podem fazer: com tequila Patrón", anunciou Ashley, distribuindo os copos.

"Graças a Deus!", Alvin exclamou, desabando na cadeira e soltando Coco, que correu para se aninhar entre Edith e Violet. "Não sei o que me incomodou mais, Violet, o instante em que pensei que você ia mesmo se casar com Keith ou saber que ele seria o CEO."

"CEO *interino*", Edith ressaltou, depressa.

"É, percebi que Keith preferiu pular essa ressalva", comentou Ashley, revirando os olhos. "Mas de qualquer forma, querida, foi gentil da sua parte não o humilhar na frente de uma multidão. Não sei se eu teria estômago pra isso."

"Pareceu a coisa certa naquele momento", disse Violet, acariciando Coco, distraída. "Mas..."

"Cain?", Ashley perguntou, suavemente.

Violet fechou os olhos com força. "Odeio que *ele* pense que estou noiva. Mas acho que odeio ainda mais que ele não se importe."

"Ah, ele se importa", Edith afirmou, confiante. "Mas você não vai consertar nada sentada aqui neste sofá."

"Edith, se você soubesse quantas vezes seu neto me rejeitou..."

"É, mas foram outras circunstâncias", insistiu a mulher, com firmeza.

"Como assim?", perguntou Ashley, tão intrigada quanto a amiga com a convicção de Edith.

"Porque", Edith explicou, pretensiosa, "hoje é Dia dos Namorados."

Uma hora depois, diante da porta de Cain, Violet sentiu a coragem líquida que encontrara na tequila se esvair tão depressa quanto sua fé no Cupido.

Violet batera à porta por dez minutos, então fez uma pausa, para o caso de ele estar no banho e não conseguir ouvi-la, e voltou a bater mais um pouco.

Do outro lado, a casa seguia num silêncio teimoso, e a porta continuava dolorosamente fechada.

Ou Cain não estava, ou estava lhe dando uma mensagem muito clara.

Cansada, frustrada e com saudades dele, Violet chutou a porta com a ponta do sapato, depois soltou um palavrão.

29

Ao entrar em seu apartamento escuro, arrependeu-se de ter deixado Coco com Alvin e Edith. Tinha esperanças de passar a noite na casa de Cain.

Mas agora estava completamente sozinha.

Violet jogou a bolsa na mesa da cozinha e se serviu um copo de água. Virou a água, tirou os sapatos e começou a soltar os grampos do cabelo, a caminho da sala de estar.

Uma noite como aquela pedia o jazz mais melancólico de sua coleção, nada de "My Funny Valentine" ou qualquer outra música de amor.

Violet acendeu o abajur da mesinha lateral e deu um grito assustado ao ver o homem sentado no sofá.

"*Cain?*"

"Oi, duquesa", ele disse, inclinando-se de leve para a frente, as mãos cruzadas frouxamente entre os joelhos. Ainda estava de smoking, mas a gravata-borboleta estava pendurada no pescoço e seu queixo estava escuro.

"O quê..." Ela colocou a mão no peito, o coração galopante. "Como você entrou aqui?"

Ele ergueu uma chave. "Achei nas coisas do Adam no dia que cheguei a Nova York."

"E você achou que *hoje* seria o melhor momento para usar?", perguntou, incrédula.

"Pra falar a verdade, achei."

Percebendo que seu coração estava batendo acelerado por outros motivos que não o susto, Violet foi até os discos e começou a repassá-los para acalmar os nervos, ou pelo menos disfarçá-los.

"Você tem uma coleção impressionante", ele disse atrás dela.

"Você bisbilhotou?"

"Claro."

Violet não falou nada por um momento, enquanto pegava um disco de Oscar Peterson, um dos preferidos do pai.

Ela foi até a vitrola, colocou o vinil e deixou o piano habilidoso preencher o silêncio constrangedor na sala.

"Não achei que fosse chegar tão tarde."

Violet ficou olhando o disco rodar, mas não disse nada.

"Não, mentira. Acho que não imaginava que você viria pra casa. Achei que ia comemorar o noivado."

O desprezo casual em seu tom, como se para ele não fizesse a menor diferença, encheu os olhos dela de água. Edith estava errada. *Não* havia mágica no Dia dos Namorados, Cain não sentia o mesmo que ela. Ela *não* seria amada como...

"Não faça isso, duquesa." Sua voz estava mais próxima agora. Mais irregular. "Por favor, não se case com ele. Por favor, *Violet*."

Violet levantou a cabeça num sobressalto e se virou para ele, encontrando Cain a poucos centímetros de distância, com a mesma expressão angustiada que vira no palco, as mãos enfiadas nos bolsos.

"Eu me convenci de que tinha que te deixar ir", disse ele. "Quando decidi que não podia aceitar o cargo de CEO assim, disse a mim mesmo que você merecia algo mais do que um cara que acabou de começar a carreira do zero. Você merece o cara do topo, o cara do jatinho, do champanhe, do iate... Você merece o melhor. Então resolvi que ia me afastar, deixar você voltar para a vida que tinha antes de eu chegar e estragar tudo."

"Você não estragou nada", Violet sussurrou.

Cain se aproximou, cauteloso. "Não?"

Em silêncio, ela levantou a mão esquerda. Sem aliança.

Cain olhou a mão por um instante, depois olhou para ela. "Você disse não."

"Eu disse não."

"Porque Keith é um babaca?"

Ela sorriu. "Por isso. E por outros motivos."

"Que outros motivos?"

Seu coração se apertou um pouco com a memória da conversa no escritório dele. "Você me mandou não falar. Disse que não aguentaria ouvir."

"Eu estava errado", ele respondeu, rude. "Percebi hoje que o que não aguentaria é não ouvir. Por favor", pediu ele, a voz suplicante, deslizando a mão por sua nuca. "Por favor."

"Eu te amo", sussurrou Violet.

Ele fechou os olhos com força.

"Eu menti, sabia?", disse Cain, rispidamente, deslizando os polegares pelo rosto dela com ternura. "Quando falei que não queria a esposa, os filhos, os piqueniques no Central Park."

"Mentiu?"

Ele fez que sim. "*Amo* piqueniques."

Violet deu um soco em seu peito, ele riu e a puxou para mais perto. Então apoiou a testa na dela e parou de rir. "Menti porque só passei a querer essas coisas depois que te conheci. E achei..." Cain engoliu em seco. "Achei que se pudesse me convencer de que não queria nada disso, não ia me machucar tanto se você não quisesse comigo."

"Cain." Violet pousou a mão em seu rosto. "Quero tudo isso com você. Mas... você tem uma vida em New Orleans. O trabalho, o apartamento..."

"E isso vai ser sempre importante para mim", ele disse. "Mas como uma parte do meu passado. Amo New Orleans e vou voltar sempre que puder. Mas de visita. Não pra ficar. Estou pronto para um novo desafio. Uma vida nova. E quem sabe..." Ele pigarreou. "Uma esposa?"

Violet agarrou as pontas de sua gravata. "Então quer dizer que você é o meu cara, no fim das contas?", ela brincou.

Ele fechou os olhos e respirou fundo. Quando os abriu de novo, eles pareciam mais brilhantes do que antes. "Droga, duquesa. Estou tão apaixonado por você. É. Pode apostar, sou o seu cara."

Violet ficou na ponta dos pés para roçar os lábios nos dele. "Com certeza espero que sim. Porque vou ser sua garota pelo resto da vida."

Epílogo

"Papai! Minha vez, minha vez!"

"Ah, mas não é mesmo", disse Cain, do banco do piano, colocando Marla, de três anos, no colo. "É a vez de Emily. Mas gostei das táticas incisivas de negociação. Puxou a bisavó."

"Não encha a menina de elogios, Cain. Vai subir à cabeça", aconselhou Edith, ao entrar na sala de estar, armada com biscoitos e limonada. "Emily, amor, que lindo isso. Você está tocando cada vez melhor."

"Isso é porque ela praxicou", disse Marla, com a boca cheia de biscoito.

"E Marla não", Emily devolveu, com a superioridade de irmã mais velha.

"Você também não praticava muito quando tinha a idade dela, querida", Violet ressaltou, curvando-se para beijar o topo da cabeça de Emily. Ela olhou para Cain por sobre o rabo de cavalo escuro da filha e sentiu um frio na barriga quando ele sorriu para ela.

Depois de vários anos de casada, ainda sentia arrepios quando olhava para aquele homem.

O momento foi interrompido por Dandelion, um Golden Retriever desajeitado de dois anos, que trombou com a parte de trás dos joelhos de Violet enquanto era perseguido por uma Coco muito animada, ainda muito forte apesar de velhinha.

Não era uma existência pacífica, mas muito mais feliz do que ela jamais poderia ter imaginado.

"Não perdi os presentes, né?"

"Presentes!", gritou Emily, afastando-se do piano e lembrando por que estavam todos ali — era seu aniversário. "Você comprou um presente para mim, biso?"

"Claro, querida. Você gosta de nabo, não gosta?"

Edith tinha conhecido Joe Kaplan num clube social para solteiros aposentados, e eles se casaram poucos meses depois de começarem a namorar. Como ela própria dissera, muito pragmática, na idade dela, não havia tempo a perder.

Violet e Cain ficaram emocionados por eles, mas talvez o mais feliz tenha sido Alvin. Joe era um médico aposentado, o que significava que Alvin tinha acesso a um profissional mais que disposto a manter o treinamento médico em dia para as suas doenças.

Edith também encontrou um jeito de se ocupar durante a aposentadoria. Cain pedira a ela para ser sua mentora oficial, um acordo que não só ajudou o relacionamento deles a florescer, como resultou na escolha de Cain como CEO — por unanimidade — apenas um ano depois da primeira votação. Em pouco tempo, ficou bem claro que Keith estava muito mais interessado no cargo de CEO do que em suas atribuições, e o conselho o *encorajou* a pedir demissão.

"Cain, champanhe?", perguntou Edith, levantando uma garrafa.

"Claro. Hoje é dia de comemorar", disse, enquanto Emily sentava em seu colo, com Coco nos braços, usando um suéter que dizia DIVA. "Obrigado, vó", ele agradeceu, aceitando a taça.

Emily pegou um dos presentes embrulhados e o sacudiu antes de olhar a etiqueta. Ela sorriu para Cain. "É seu, papai."

"Pode apostar!"

Emily olhou pensativa para Violet, que estava acariciando a barriga grávida — o primeiro menino deles, que nasceria dali a dois meses.

"Mamãe?", perguntou Emily. "O papai já te deu presente de aniversário?"

"Claro, filha. Você me viu abrir meu presente em maio", Violet respondeu, mordiscando um biscoito.

"Ah. Isso mesmo. Qual foi o *primeiro* presente que ele te deu?"

"O primeiro? Aula de piano."

"Aula de piano! De aniversário?"

"Na verdade, não. Foi no dia seguinte ao Dia dos Namorados."

"Por que no dia *seguinte*, papai?"

"Porque estávamos ocupados naquele dia em particular", disse ele, esfregando a barba com carinho na cabeça da filha. "Mas já tinha comprado o presente muito antes."

"Quando?"

"Na primeira vez que a ouvi tocar 'Heart and Soul'."

"E por que você comprou aula de piano pra ela?", Marla entrou na conversa. "Ela tocava mal?"

"Não. Não." Cain encontrou os olhos de Violet do outro lado da sala. "Porque já sabia que a amava."

Nota da autora

Tem algumas ideias de livros que parecem martelar na minha cabeça desde sempre, sementinhas de uma história que a Musa me apresenta ano após ano, como se dissesse: "*Agora* você está pronta para escrever esta?".
A premissa de *No coração de Manhattan* foi exatamente assim. Fiquei fascinada por *Pigmalião* desde que li a peça icônica de George Bernard Shaw, no segundo ano do ensino médio — uma obsessão que ficou ainda mais forte com o lançamento quase simultâneo do filme inspirado na peça, *Ela é demais*.
Na verdade, a premissa de um homem "mudando" uma mulher, apenas para se apaixonar por sua versão original, apareceu num dos meus primeiros livros publicados (*Como num filme*), que continua sendo um de meus maiores sucessos e filho preferido.
Mas parece que a Musa não tinha concluído o tema de *Pigmalião*. Implorou que eu fizesse outra versão, uma abordagem ainda mais moderna, com uma mulher transformando um homem. Em outras palavras, a ideia de *No coração de Manhattan* parece que existe desde sempre...
Meu Deus, não foi tão fácil escrever como eu esperava. Violet e Cain eram personagens diferentes para mim, pois, enquanto escrevia, eles se *recusavam* a seguir meu esboço. Em vez do romance certinho de opostos que se atraem, que eu havia imaginado, o livro se tornou algo muito mais complexo.
Transformou-se na história não tanto de uma mulher "transformando" um homem, mas, em vez disso, na jornada de dois indivíduos problemáticos e complicados que desejam *desesperadamente* ser amados, mas que precisam resolver algumas questões para chegar lá. É uma história sobre a descoberta de que todos nós merecemos ser amados *como somos*.

O resultado foi uma experiência de escrita surpreendentemente gratificante, e que eu jamais poderia ter feito sozinha. Não posso deixar de enfatizar o quanto minha editora, a incrível Sara Quaranta, contribuiu com a história. Nos estágios iniciais, quando parecia que eu não ia conseguir dar conta, inundei Sara com todos os meus pensamentos divagantes, e ela teve um insight que desbloqueou completamente o romance para mim. Momentos iluminados como esse são raros e maravilhosos, algo que só uma editora extraordinária como Sara pode oferecer a um autor. Sou mais do que grata.

E tem também a quase impossivelmente paciente Molly Gregory, a quem sou muito grata pelo apoio e incentivo inabaláveis e pelo compromisso de me ajudar a tornar este livro possível.

Agradeço, como sempre, à minha agente Nicole Resciniti, não apenas pela sabedoria constante e pela defesa da minha carreira, mas também por sua amizade incrível. Estou contando os dias até podermos beber Manhattans juntas pessoalmente, em vez de brindar pelo Zoom!

A toda a equipe da Gallery, vocês são excepcionais. Christine Masters, não vou mentir, eu meio que quero *ser* você, embora não fosse me sair tão bem. Você faz mágica. A toda a equipe de edição, marketing e publicidade, bem como todas as coisas que acontecem nos bastidores que *nem* conheço, admiro muito vocês e agradeço demais pela capacidade de transformar minha ideia complicada num lindo projeto concluído.

Meus amigos e familiares, amo vocês. Anth, em especial, obrigada por me servir ovos mexidos na cama todo dia de manhã, e por não me julgar por ficar sentindo o cheiro deles, curvada em cima do laptop, escrevendo a história de Cain e Violet.

Por fim, a você que está lendo isto agora, o que provavelmente significa que acabou de ler a história de Cain e Violet, é uma honra que você tenha dedicado seu precioso tempo de leitura comigo.

Às vezes, minha vida não parece muito real: viver de escrever histórias de amor que as pessoas leem de verdade. Sou eternamente grata a todos que tornaram isso possível.

Obrigada,
Lauren Layne

TIPOGRAFIA Adriane por Marconi Lima
DIAGRAMAÇÃO acomte
PAPEL Pólen Soft, Suzano S.A.
IMPRESSÃO Gráfica Bartira, abril de 2022

A marca FSC® é a garantia de que a madeira utilizada na fabricação do papel deste livro provém de florestas que foram gerenciadas de maneira ambientalmente correta, socialmente justa e economicamente viável, além de outras fontes de origem controlada.